그동안 잊고 살았던 너에게

그동안 잊고 살았던 너에게

홍미숙 에세이

글로세움

목차

1부
**감사하면
달리
보인다**

3부
**나를 찾아
길을
나선다**

세상은 하나의 큰 무대다. 그 큰 무대는 언제나 희망의 메시지를 선물해준다. 나는 나대로 그 무대의 관객이 되어 살아간다.

살아갈수록 창문 밖 세상은 별처럼 가슴을 뭉클하게 한다. 보고, 듣고, 느낄 게 너무나 많은 세상이다. 나는 이 세상 관객으로 살아가면서 늘 부족한 나 자신을 만나곤 한다. 그 부족함을 채우기 위해 틈틈이 도서관을 찾아 책을 읽고, 이곳저곳으로 여행을 다니지만 부족함은 현재진행형이다.

어느덧 수필가로 활동한지 25년이 넘어가고 있다. 그동안 500여 편의 수필을 썼고, 7권의 수필집과 4권의 역사서를 출판했다. 그중 베스트셀러가 된 책도 있었고, 국정과 검인정 국어교과서에 작품이 실리는 영광도 얻었다. 내 책을 읽어준 독자들과 내 작품을 공부한 학생들에게 두고두고 고마워할 일이다.

나의 수필 소재는 모두 내가 사랑한 것들이다. 내가 사랑한 사람과 자연은 물론 유적·유물 그리고 이 세상에 존재하는 모든 것들이 나의 수필 소재가 되었다. 그들은 나와 인연이 되면서 나의 사랑 속에 나의 수필로 재탄생되었다.

수필을 쓰다 보니 우주만물 어느 것 하나 소중하지 않은 게 없다. 글을 쓰면서 그들과 가까워졌고, 그들을 사랑하게 되었고, 그들로부터 행복이 뭔지를 알게 되었다. 아마 앞으로도 나는 나대로 그들의 관객이 되어 그들을 사랑하면서 계속하여 글을 쓰게 될 것이다.

수필을 잘 쓰려면 책을 많이 읽어야 한다. 위기의 사상가로 알려져 있는 중국 명말청초明末淸初의 학자 고염무顧炎武(1613~1682)는 만 권의 책을 읽고 만 리 여행을 몸소 실천한 사람으로 유명하다. 그가 참된 지식인이며 위대한 사상가로 주목받는 이유가 다 있다. 문인이자 화가이며 서예가인 동기창(1555~1636) 역시 '독만권서讀萬卷書, 행만리로行萬里路를 실천한 사람으로 유명하다.

그런 분이 어찌 중국에만 있겠는가. 우리나라에도 많이 계시다. 그중 한 분은 "가슴 속에 만 권의 책이 들어 있어야 그것이 흘러넘쳐 그림과 글씨가 된다."라고 말씀하셨다. 그 분이 바로 추사 김정희이다. 추사체秋史體가 그냥 탄생한 게 아님을 또다시 깨닫는다.

좋은 수필을 쓰려면 좋은 소재를 찾아야 한다. 그런데 그 것은 쉽게 얻을 수 있는 게 아니다. 좋은 수필 소재를 얻기 위해서는 독서와 여행은 필수이며 사람들과의 만남 또한 중 요하다.

돌아보면 나도 독서와 여행, 그리고 사람들과의 만남을 통해 글을 많이 쓸 수 있었다. 아직 독서량이 만 권에 못 미 치는 게 가장 큰 문제다. 여행은 편리한 교통수단 덕분에 일 찍이 만 리는 가고도 넘쳐흘렀다. 국내 뿐 아니라 해외여행 도 형편이 허락되면 짐을 쌌다. 다행히 사람들과의 만남도 좋아해 다양한 사람들을 만났다.

앞으로도 좋은 수필을 쓰기 위해서 책과 여행, 그리고 사 람들을 만나는데 시간을 많이 할애해야 할 것 같다. 사람들 에게 감동을 주는 따뜻한 수필을 쓰려면 사람들과의 관계가 무엇보다 중요하니 어쩔 수 없다.

다양한 삶을 살아가는 사람들의 이야기에 귀 기울여보는 그런 시간이 필요함을 느낀다. 수필은 사람들을 왜 사랑하면 서 살아가야 하는지 수시로 깨닫게 해준다. 내가 별처럼 아름다운 이 세상의 관객으로 태어난 건 행운 중의 행운이다.

　이 책은 7집 《웃음꽃 피다》 출간 이후 오랜만에 내놓는 수필집이다. 뭐든 궁금하면 전문 서적을 찾아 읽거나, 전문 강사의 강의를 듣거나, 현장을 직접 찾아가 만나 보아야 하는 성격이 한몫한 40편의 수필을 한 권의 책으로 엮었다.

　이 책에 실린 글을 쓰면서 참 많이 행복했다. 내 머리보다 내 몸이 더 바쁘게 움직인 결과물이자 세상의 행복한 관객이 되어 쓴 수필집이다. 독자들도 무대는 변변치 않지만 이 책을 읽으면서 행복한 관객이 되어주면 좋겠다. 한 편이라도 감동을 받는 관객이 있으면 더 좋겠다.

　끝으로 별처럼 아름다운 이 세상에 태어나게 해주신 부모님과 사랑을 나눈 모두에게 고마운 마음을 전하고 싶다. 아울러 글의 소재가 되어준 창문 밖 세상의 모든 것들에게 더없이 고맙다. 또한 책다운 책으로 만들어준 출판관계자들 역시 고마운 마음 가득하다.

안양시립도서관에서

2020년 새해를 맞아

홍미숙 씀

1부

감사하면 달리 보인다

자연의
관객으로
살다

이른 아침부터 뒷산에서 산새들이 희망의 노래를 부르고 있
다. 창문 밖 세상은 무대가 올려져 공연이 한창이다. 봄에는
산새들의 공연 시간이 다른 계절보다 길다. 나는 그들의 공
연을 가까이서 듣고 싶어 창문 앞으로 바짝 다가선다. 그리
고는 창문을 연다.

　해가 뜰 무렵에 가장 많은 산새들이 공연에 참여한다. 낮
에는 몇몇 산새들만이 공연을 펼친다. 밤에는 산비둘기나 소
쩍새가 독창을 부를 뿐 다른 산새들은 기척이 없다. 그들 나
름대로 공연 시간이 정해져 있는 모양이다.

우리 집 뒷산에서 펼쳐지는 산새들의 공연에 나는 매일매일 관객이 된다. 산새들의 공연만 들을 수 있는 게 아니다. 나무들이 그려내는 살아 움직이는 그림 전시를 사계절 내내 볼 수도 있다. 봄이 오면 산수유와 진달래꽃이 노란색과 분홍색 물감을 풀어 그림을 그려놓고, 산 벚꽃은 하얀 물감을 풀어 그림을 그려놓는다. 그들이 그린 그림은 우리 집 창틀 액자 안으로 쏙 들어와 나를 기쁘게 해준다. 요즘은 연보랏빛 오동꽃이 지고, 하얀 아카시나무 꽃이 그윽한 향을 동반한 채 화폭에 하얀 칠을 해댄다. 꽃들 못지않게 연둣빛 신록도 점점 영역을 넓혀간다. 성큼성큼 다가오고 있는 여름 전시를 준비하고 있는 듯하다.

여름이 오면 뻐꾸기가 독창을 부르며 자신의 공연에 나를 초대할 것이다. 아울러 한 철도 살지 못하고 떠나는 매미와 쓰르라미가 목이 터져라 깊은 밤까지 울어댈 것이고, 온갖 풀벌레들도 자신의 존재를 알리느라 조금은 시끄러울 것이다. 그리고 우거진 나무들이 그려내는 그림들이 창틀 액자 안으로 가득 차게 들어올 것이다. 아마 액자가 미어터질지도 모른다.

가을에는 단풍잎들이 아예 나를 그들의 공연 무대로 달려 나가게 할 것이다. 낙엽 구르는 소리까지 들려주는 고마운 무대가 우리 집 바로 뒷산에 있으니 행운이다. 가끔 기러기 떼들도 높은 하늘을 날며 무대를 기웃댈 것이다. 놀이터 울타리 안팎에 심겨 있는 마로니에나무, 은행나무, 느티나무는 모두 노란 단풍 물을 들이고 그들 역시 우리 집 창틀 액자 안으로 얼굴들을 들이밀 것은 분명하다.

겨울에는 까치들의 공연이 어느 계절보다 돋보인다. 까치들은 사계절 내내 무대 공연을 펼친다. 까마귀들로 어수선할 때는 잠깐 무대를 떠나기도 하지만 국조國鳥 값을 톡톡히 한다. 까치와 더불어 놀이터에서는 조금은 싱겁지만 산비둘기들이 구구대며 공연을 펼친다. 뒷산에 하얀 눈이 내리는 날에는 겸재 정선 그림 못지않은 설경이 관객을 불러 모은다. 그 그림 앞에서 나는 무아지경에 빠지고 만다. 어린아이들이 눈과 함께 놀이터에서 펼치는 공연도 볼만하다.

나는 이 세상에 태어나 이처럼 관객이 되어 여기저기 기웃거리며 살아간다. 사람들이 펼치는 무대의 관객이 되기도 하고, 자연이 펼치는 무대의 관객이 되기도 한다. 이 사람 저 사람이 펼치는 인생 공연을 보며 때론 기쁘기도 하지만 때론 슬프기도 하다. 인생 공연을 공연답지 않게 펼칠 때는 그 사람과 함께하는 시간이 아깝다. 그럴 때면 그 사람이 펼치는 공연장을 떠나고 싶어진다. 화가 치밀어 올라 도저히 함께

할 수 없다. 나는 사람들이 말도 안 되는 인생 공연을 펼칠 때면 정말이지 그 사람과 함께 하기 싫다.

나는 사람들보다 자연의 관객이 될 때가 많다. 물론 사람들이 펼치는 인생 공연을 보면서 입가와 눈가에 미소가 가득 들어찰 때도 많다. 내가 사람인 것을 기분 좋게 해주는 인생 공연을 펼치는 사람을 만날 때 그렇다.

그래도 나는 사람들이 펼치는 공연보다 자연이 펼치는 공연이 더 좋다. 시시때때 변화를 주는 자연이지만 사람들과 달리 변덕스럽게 보이지 않아 좋다. 매년 펼치는 공연이긴 해도 볼 때마다 새롭게 느껴져 나도 뭔가 새로운 모습을 보여주고 싶어진다. 내 마음에 새싹도 틔우고, 꽃도 피우고, 열매도 맺고 싶어진다. 자연은 언제나 나의 인생 공연에 도움을 주는 무대만을 만들어낸다.

자연의 관객이 되어 자연이 펼치는 공연을 보면서 인생을 깨닫고 느끼는 게 너무나 많다. 물론 사람들이 펼치는 공연을 보고 배우기도 하지만 자연이 펼치는 공연을 보고 더 많은 것들을 배운다. 욕심을 버리는 것도, 화를 참아내는 것도 자연을 통해 배우게 되고, 희망과 용기도 자연에게서 배운다. 그 뿐인가? 양보의 미덕도 베풂의 미덕도 자연에게서 많이 배운다.

나는 태어나면서부터 자연의 관객이 되었다. 공연료도 안 내고 이 나이가 되도록 공짜로 객석을 차지했다. 자연은 나에게 사람답게 살면서 멋진 공연을 펼치라고 하루도 거르지 않고 무료 공연을 펼쳐준다. 고맙고 고마울 뿐이다.

아직도 나는 내 인생 공연에 자신이 없다. 내 인생 공연을 보고 관객 중 하나라도 감동의 눈물을 흘리게 하려면 아직도 멀었다. 그러니 연중무휴로 펼치는 우리 집 뒷산의 공연을 매일 매일 보고 또 보아야 할 것 같다.

저녁이 되니 우리 집 뒷산 공연장에서 산비둘기가 구구 대며 저녁 공연의 막을 올리고 있다. 나는 산비둘기가 만들어내는 무대의 관객이 되기 위해 다시 창문을 열고 귀를 쫑긋한다. 공연이 펼쳐질 무대에는 5월의 신록이 나풀댄다. 뒷산 무대에서 무료 공연을 펼치는 산새들과 나무들에게 관객의 한 사람으로서 큰 박수를 보낸다. 브라보나 앙코르를 외치지 않아도 언제나 변함없이 공연을 펼치고 있는 뒷산 무대가 더 없이 고맙다.

너무 큰 욕심인줄 알면서도 그런 무대를 만들어내는 산새들과 나무들을 닮고 싶다. 무료로 관객을 불러대는 그들을 진정 닮고 싶다.

누가
내 고민을
알아주랴

아파트 언덕을 내려가 횡단보도를 건너 중앙시장을 향해 걷는다. 항아리 골목길을 따라 걷다가 장내동 성당 앞에서 다시 횡단보도를 건넌다. 내가 필요한 건 모두 다 갖춰놓고 있는 안양에서 제일 큰 시장이다. 이곳은 항상 사람들로 붐빈다. 백화점보다 사람들이 더 많이 모이는 곳이다.

서울에서 살다가 이곳으로 이사 온 이래 30년 가까이 이용하고 있는 시장이다. 그러니 어느 골목에서 무엇을 파는지 어느 정도는 다 알고 있다. 시장 골목이 너무 많아 헷갈릴 때도 있지만 내가 찾는 골목은 정해져 있다. 시장 골목을 여기저기 돌다가 마음에 들면 사는 편이다. 물건 값도 싸고, 제철 채소와 과일을 신선하게 살 수 있어 시장을 찾을 때마다 기분이 좋다.

나의 단골 가게는 없다. 자주 이용하는 곳은 있지만 워낙 사람들이 북새통이라 그 가게 주인이 나를 알아볼 리 없다. 될 수 있는 한 단골 가게를 만들지 않으려고 한다. 내 행동에 제약을 받기 때문이다. 서로 얼굴을 알게 되면 보통 불편한 게 아니다. 예전에 살던 아파트에서 불편을 크게 겪은 경험이 있어 잘 안다.

이십 년 전만 해도 아파트 단지에는 큰 슈퍼마켓이 하나 있었다. 자동차 문화도 요즘보다 덜 발달했고, 대형마트도 생겨나지 않았을 때니 당연히 아파트 상가에 있는 슈퍼마켓을 자주 이용할 수밖에 없었다. 그러니 슈퍼마켓 주인과 아파트 주민들은 서로 얼굴을 알고 지냈다. 나 역시 그 아파트에서 오랫동안 살았고, 슈퍼마켓 주인도 한 번밖에 바뀌지 않아 서로 인사를 주고받는 사이였다.

그런데 외출을 했다가 버스정거장과 가까이 있는 재래시장에 들러 시장을 봐 올 때가 고민이었다. 아파트 슈퍼마켓 옆을 지나가야 우리 집을 바로 갈 수 있었기 때문이다.

그럴 때마다 나는 죄인이 되어야만 했다. 고개를 숙인 채

외면을 하고 그 아파트 슈퍼마켓 앞을 빠른 걸음으로 지나가 야만 했다. 어느 때는 우리 집과 반대쪽으로 난 길을 통해 아 파트를 한 바퀴 빙 돌아 집에 오곤 했다. 슈퍼마켓 주인과 눈 이 마주칠까 봐 그랬다.

이런 나를 보고 어느 이웃은 "계단도 있는데 왜 이쪽으로 돌아서 가느냐."면서 힘도 좋다고 했다. 그 이웃이 어찌 내 마음을 알았겠는가.

그 뒤 나는 고층아파트로 입주해 살게 되었다. 세상도 많 이 바뀌어 아파트 상가의 슈퍼마켓은 작아졌고, 이용하는 아 파트 주민들도 별로 없다. 나도 그렇지만 자동차를 이용해 대형마트에서 시장을 보는 사람들이 많아졌기 때문이다. 다 행인 것은 이 슈퍼마켓 입구와 내가 지나다니는 길이 약간 비 켜 있다. 그래서 예전과 같은 고민은 크게 줄어 들었다.

그러나 슈퍼마켓이 아닌 미용실 때문에 외출할 때마다 큰 고민을 하며 살고 있다. 미용실이 아파트 진입로 양쪽에 자리하고 있기 때문이다. 한 곳만 거래를 했어야 하는데 한 곳이 붐비면 그 옆으로 가서 머리를 종종 한 게 내 고민을 만 들어주었다. 오랫동안 단골이 되어 이용한 미용실이 붐벼 다 른 쪽의 미용실에 간 게 화근이었다.

그 미용실은 신장개업을 해서 그런지 미용사도 친절하

고, 분위기도 쾌적하고 좋았다. 무엇보다 미용실에 시화詩畵를 여러 점 걸어놓았고, 유리로 된 탁자 안에 책이 가득 진열되어 있었다. 그것도 요즘 베스트셀러들이었다. 책을 보는 순간 나는 반가워 책을 좋아하냐고 물었다. 그러자 미용사는 늘 책을 사고, 시간이 날 때마다 책을 읽는다고 했다. 그러니 어찌 이 미용실을 멀리 할 수 있겠는가.

그 뒤부터 그 미용실도 이용하게 되었다. 그러니 외출할 때마다 어느 쪽으로 가야할 지 생각을 더듬어야 했다. 이런 내 고민을 그 누가 알겠나 싶다.

오른쪽에 있는 미용실은 10년 이상 된 단골이다. 왼쪽에 있는 미용실에서 머리를 한 뒤에는 그 미용실 앞을 지나갈 수 없었다. 선글라스를 쓰고 양산을 푹 내려 쓰고도 죄인처럼 지나다녔다. 그래봤자 그 미용사가 나를 알아보지 못할 리 없다. 밖에서는 미용실이 잘 들여다보이지 않아도 안에서는 밖에 지나다니는 사람이 다 보이는 미용실임을 너무나 잘 알고 있으니 하는 말이다.

며칠 뒤 10년 이상 된 그 단골 미용실을 찾았다. 아니나 다를까. "머리하러 왜 안 오시나 했어요. 다른 데서 하셨네." 하면서 내 얼굴을 빤히 쳐다본다. 나는 무슨 중죄나 지은 것처럼 왼쪽 미용실에서 했다고 차마 말할 수는 없고 "아! 네,

서울 갔다가 친구랑 했지요."하고 겸연쩍게 웃었다.

미용사와는 금세 얼굴을 익힐 수밖에 없다. 얼굴을 계속 바라보며 머리 손질을 하니 그렇다. 거기다가 짧은 시간이 아닌 길면 한나절을 함께하기 때문이다. 커트가 아니면 염색이나 파마는 몇 시간이 걸릴 때가 많다. 그러니 서로 얼굴을 익히게 되는 것은 당연하다. 몇 시간을 입 다물고 가만히 앉아있을 수도 없고, 동네 미용실은 동네 사랑방이 될 수밖에 없다.

오른쪽에 있는 단골 미용실에서 염색을 하고 파마를 한 뒤부터는 그 앞으로 당당히 걸어 다녔다. 그러다 책을 좋아한다는 왼쪽에 있는 미용실의 미용사가 기다릴 것 같아 머리 한 지 한 달도 안 되어 그곳을 찾아갔다.

아니나 다를까. 오른쪽 미용사와 똑같이 "머리하러 왜 안 오시나 했어요. 다른 데서 하셨네."라고 한다. 나는 또 죄인이 된 것처럼 "아! 네. 서울 갔다가 친구랑 했지요." 하고 똑같이 되뇌곤 겸연쩍게 웃었다.

그리고는 머리가 푸석한 것 같으니 어떻게 좀 해보라고 했다. 그 미용사는 영양을 좀 주어야 될 것 같다고 해서 얼른 그렇게 해달라고 했다. 그런데 영양을 넣고 매니큐어도 하면 머리결이 윤기가 나고 더 좋다며 하는 김에 같이 하란다. 나는 거절을 못하고 그렇게 해달라고 했다.

이래저래 양쪽 미용실에서 때도 안 되었는데 머리를 손질하다 보니 돈이 두 배로 들어갔다. 울어야 할지 웃어야 할지 모르겠다. 돈은 돈대로 들이면서 그 두 미용실 앞쪽으로 난 길을 편하게 이용하지 못하고 있다. 예전에 아파트 상가에 있던 슈퍼마켓 앞을 지나 집으로 바로 올 수 없었던 것처럼 지금도 우리 집은 6단지인데 5단지로 한 바퀴 빙 돌아서 온다. 나의 이런 고민은 언제 끝날까?

다행히 희망은 보인다. 10년 이상 된 단골 미용실의 미용사가 아기가 생기면 육아를 위해 몇 년 쉰다고 한다. 아기가 생기기를 학수고대하고 있는 그녀를 위해 나도 열심히 기도하고 있다. "누이 좋고, 매부 좋다."라는 속담이 불현듯 떠오름은 어쩔 수 없다.

노래하는
그가 좋다

그는 노래하는 사람이다. 나는 그를 사랑한다. 그는 노래하는 사람이지만 아무 때나 노래를 부르지 않는다. 정해진 시간에 정해진 무대에서만 노래를 부른다. 그는 훤칠한 키에, 골격이 아주 좋아 마음마저 설레게 한다.

그가 노래하는 시간은 아침 10시~11시, 11시 30분~12시 30분, 13시~14시, 14시 30분~15시 30분 이렇게 하루에 4번, 한 시간 노래하고 30분 휴식한다. 노래하는 사람치고는 장시간 공연이다. 하루에 4시간을 노래하니 그렇다. 그러면서도 누구에게도 입장료를 받지 않는다.

그의 단점이라면 한 노래만 계속 부르는 것이다. 박수를 치지 않아도 앙코르나 브라보를 외치며 칭찬해주지 않아도 정해진 시간에 어김없이 자신의 무대에서 연주자도 지휘자도 없이 홀로 노래한다. 언제나 같은 음색으로 같은 곡을 부른다. 그는 주변을 전혀 의식하지 않는다. 그런 그의 자신감이 몹시도 부럽다. 그의 노래 소리는 멀리서도 들린다.

오늘은 새빨간 꽃봉오리를 터트리고 있는 홍매화나무 아래에 서서 그의 노래를 감상했다. 흥얼흥얼 콧노래 같기도 하지만 그런대로 괜찮다. 나는 노래하는 그가 있는 이곳을 자주 찾는다. 노래하는 그와 그의 친구들을 만나는 것을 좋아하기 때문이다.

그의 친구들은 저마다의 이야기를 간직한 채 조각공원에 자리를 잡고 서 있다. 나는 그들을 둘러보며 그들과 이야기를 주고받을 때도 많다. 그들은 모두 노래하는 그와 친한 친구들이다. 그가 이곳 무대에 자리 잡고 노래를 부르기 시작할 즈음 그들도 이곳에 자리를 잡았다. 그는 그 친구들의 갈채를 받으며 국립현대미술관 과천관 야외무대에서 비가 오나 눈이 오나 사시사철 노래를 부른다.

꽃샘추위 속에 홍매화가 정말 새빨갛게 피었다. 마른 나무들 사이에 홀로 피어난 홍매화라 그런지 어느 때보다 더 예쁘게 보인다. 홍매화는 사람들의 발길을 붙잡고 좀처럼 놓아주지 않는다. 그 나무 앞에서 나도 한참을 서성댔다. 이런 횡재가 어디 있나 싶었다. 홍매화 꽃이 아름답게 핀 나무 아래서 홍매화 향을 맡으며 서 있으니 내가 바로 신선이 아닌가 싶었다. 봄이 아닌 다른 계절에 찾아와도 충분한 힐링이 되지만 기분이 더 좋다. 새들도 끊임없이 노래를 불러주니 왜 아니 좋겠는가.

그런데 이곳에 노래하는 그도 함께 살고 있다. 이보다 행복할 수 있을까. 그는 변함없는 목소리로 변함없이 노래를 불러준다. 늘 같은 노래를 부르지만 전혀 싫증이 나지 않는다. 중저음이라 그런지 마음마저 차분해진다.

그는 항상 몸이 다 드러나는 은색의 옷을 입고 서 있다. 제주도 앞바다에서 갓 잡아 올린 은갈치 색깔의 옷이다. 무대는 자연의 변화에 따라 조금씩 달라지지만 옷은 사시사철 똑같다. 아니 이곳에 그가 자리 잡을 때부터 그 옷 그대로다. 그는 긴 시간 노래를 해도 옷을 갈아입으면서 노래 부르지 않는다. 쉬는 시간이 길어도 그냥 입었던 옷 그대로 노래를 부른다. 그래도 멋지다.

그는 참으로 검소한 가수다. 노래 한 곡 끝나기 무섭게 화려한 옷으로 갈아입는 가수들도 있는데 그는 그렇지가 않다. 그의 옷은 처음에 입었을 때보다 산뜻하지는 않을 것이다. 햇볕에 많이 노출되어 빛깔이 바랬기 때문이다. 하지만 그런 그가 오히려 수수하니 보기에 좋다.

나는 그가 노래를 부르고 있으면 가던 걸음을 멈추고 그의 노래를 듣는다. 그가 쉬는 시간이면 그의 친구들과 놀면서 그가 노래 부르기를 기다린다.

그런데 미안하게도 그의 노래를 수도 없이 들었지만 제목도 가사도 여태껏 모른다. 궁금해 한 적도 없다. 그냥 콧노래를 부르는 것 같기도 하고 허밍만 하는 것 같기도 했다. 그에 대해 아무 것도 모르지만 그의 노래는 듣기에 일단 편안하다. 그는 입을 크게 벌리고 노래하는 가수들과 달리, 입은 벌리지 않고 허밍 하듯 콧소리로 노래한다. 특이한 것은 노래할 때 턱이 쉴 새 없이 바삐 움직인다는 것이다. 그의 몸은 뼈대가 다 드러나 있어 턱의 움직임을 자세히 볼 수 있다.

어떻게 불러도 나는 그의 노래가 좋다. 입을 벌리지 않고 노래를 불러도 턱을 바삐 움직이며 노래를 불러도 상관없다. 헐떡거리며 살아가고 있는 내가 들어서 편안하니 그것으로 만족이다. 훤칠한 키에 골격이 좋은 그가 마음에 든다. 시원하게 보여서 그런가 보다. 그래서 자주 이곳을 찾는지도 모른다.

그의 노래를 듣노라면 무릉도원에 와 앉아있는 듯하다. 음색도 좋고, 그의 시원스런 모습도 좋다. 무대 또한 자연이 만들어주는 터라 아주 편안하다. 봄에는 싱그러운 신록과 꽃들이 희망의 무대를 만들어주고, 여름에는 풀벌레와 새들이 찾아와 함께 노래를 불러주고, 가을에는 오색찬란한 단풍이 화려한 무대를 만들어준다. 겨울에는 하얀 눈이 펄펄 내리면서 백댄서까지 해주니 무대가 더욱 빛이 난다. 이보다 더 멋진 무대가 세상 어디에 또 있을까 싶다.

국립현대미술관 과천관 야외전시장에 우뚝 서 있는 그 고마운 사람의 이름은 〈노래하는 사람Singing Man〉이다. 그는 멀고 먼 타국에서 태어나 1994년부터 이곳에 자리를 잡고 노래를 부르기 시작했다. 그를 낳은 아버지는 미국 사람으로 1942년생 조나단 브로프스키다.

그의 형제 중 또 한 사람도 우리나라에 와 살고 있다. 바로 광화문 흥국생명 빌딩 옆에 서서 1분 17초에 한 번씩 망치질을 하고 있다. 그의 이름은 〈망치질하는 사람Hammering Man〉으로 키가 22m나 되는 조형물 중 최고의 거인이다. 형제가 좀 떨어져 있긴 해도 고향을 떠나 그나마 같은 나라로 와 살고 있으니 외로움은 덜 하리라고 본다.

새빨간 꽃봉오리를 터트리고 있는 홍매화나무 아래서 그

의 노래를 들으니 오늘은 가슴까지 두근두근 설렌다. 봄은 봄인가 보다.

그에게 다가가 처음으로 무언의 인사도 주고받았다. 그동안 공짜로 그의 노래를 들으면서 고맙다는 표현을 한 적이 없었다. 참으로 무심한 나였다. 그래도 그는 내가 이곳을 찾을 때마다 변함없이 노래를 불러주었다. 그러니 내가 그 노래하는 사람을 사랑하지 않을 수 없다.

그 앞에 서서 욕심을 또 내본다. 나도 누군가의 가슴을 두근두근 설레게 해주는 그런 사람이고 싶다고……

가야산의
새벽 태양을
맞다

잠을 편히 잘 수 없었다. 몇 번을 깨어 창밖을 내다보고 시계를 들여다보았다. 입춘·우수·경칩이 지났지만 봄은 아직 깜깜 무소식이다. 꽃샘추위만 찾아와 아우성이다. 그래도 커튼을 치지 않은 채 그대로 잠을 청했다. 하지만 수시로 일어나 창밖을 내다보느라 잠을 설쳤다.

숙소는 앞쪽과 옆쪽까지 창문이 커다랗게 나 있어 하늘이 훤히 올려다 보인다. 숙소를 예약하면서 특별히 부탁했는데 숙소 중 맨 끝이라 마음에 좀 안 들었다. 어두운 밤에 그 숙소에 도착하다 보니 방위方位조차 가늠할 수 없었다. 그런데 그곳에 숙소를 배정해 준 이유를 새벽녘에야 알게 되었다. 부탁을 들어준 직원이 고마웠다. 나갈 때 꼭 인사를 해야겠다는 생각이 들었다.

자다가 깜짝 놀라 얼른 일어나 하늘을 올려다보았다. 다행히 하늘은 어두웠다. 하지만 태양이 약간의 빛을 흘리고 있었다. 커튼을 치지 않았기에 누워서도 하늘을 올려다볼 수 있다. 햇볕이 쨍쨍 내리쬐도 선글라스를 벗고 봐야 자연을 제대로 보는 것으로 생각하는 나이기에 창문 밖으로 겉옷도 걸치지 않고 그대로 나갔다.

차가운 새벽 공기가 신선했지만 볼을 얼얼하게 했다. 하늘에 태양이 떠오르려면 아직 많이 기다려야 할 것 같아 잠시 안으로 들어왔다. 그러다 나도 모르게 스르르 잠이 들고 말았다. 그런데 눈을 떠보니 나의 간절한 마음이 통했는지 먹구름 속에 붉은 태양이 나를 기다린 듯 손톱만큼 얼굴을 내밀고 있었다. 휴, 안도의 한숨이 절로 나왔다. 나는 추위는 아랑곳하지 않고 후다닥 발코니로 나가 동쪽을 바라보았다. 오늘을 함께할 태양을 만나보기 위해서였다.

태양은 매일매일 어디서든 떠오른다. 하지만 나는 이번 여행 중 가야산의 일출을 보고 싶었다. 그동안 강원도의 정동진을 비롯한 청간정과 미시령 등 동해 몇몇 곳에서 일출을 보았다. 경상북도 포항의 호미곶과 제주도 성산에서도 바다 위로 떠오르는 일출의 장관을 보았다. 그러나 산 위로 떠오르는 일출은 한 번도 만나보지 못했다. 아침노을이 걷히고 찬란한 빛을 내뿜는 태양만 보았을 뿐이다. 그러니 일출이 장관이라는 이곳 가야산에서 기대할 수밖에 없었다.

잠을 설치지 않았다면 일출을 볼 수 없었을 것이다. 태양은 그 멋진 일출의 장관을 오랫동안 보여주지 않는다. 찰나에 검붉은 아침노을 속을 헤집고 새색시처럼 수줍게 잠시잠깐 얼굴을 내민다. 그 모습은 장엄하기보다는 마주하는 순간 가슴이 벅차오르고 겸허해진다. 온 대지에 희망의 빛을 뿌려주기 위해 떠오르는 태양이니 언제나 감사할 뿐이다.

오늘 떠오른 태양도 그랬다. 나는 그 모습을 카메라에 담느라 30분 이상을 밖에서 추위도 아랑곳하지 않고 셔터를 눌러댔다. 비슷한 모양새 같지만 내 삶이 그렇듯 오늘 떠오른 태양은 어제와 다르고 또 내일과 다르기 때문이다.

일출의 순간 내내 가슴은 계속해서 두근거렸다. 가야산과 마주 보이는 크고 작은 산봉우리들도 태양을 향해 머리를 치켜 올리고 있다. 마침내 그 머리 위로 해맑은 태양이 쏘옥 떠올랐다. 일출 시간이 좀 길게 느껴질 뿐 태양은 모습을 드러내면 금세 중천을 향한다.

가야산 기슭에서 오늘 나와 함께 하루를 보낼 오늘의 태양을 새벽부터 만났으니 이 얼마나 행운인가. 두고두고 잊지 못할 광경을 나에게 선물한 태양에게 고맙고 또 고맙다. 내가 착하게 살지도 않은 것 같은데 자연은 언제나 기쁨을 선물한다. 아마도 앞으로 착하게 살라고 기쁨을 선물해주는 모양이다.

먼동이 트는 걸 어찌 알았을까. 닭들은 "꼬끼오"를 외치고, 개들은 "멍멍"대며 하루가 열리고 있음을 알리고 있다. 산새들도 노래를 부르며 창공을 높이 날고 있다. 첩첩산중이라 그런지 산새들의 노래가 공기만큼이나 청량하다.

더는 눈이 부셔 태양과 마주할 수 없어 발코니에서 안으로 들어왔다. 그런데 갑자기 하늘이 점점 어두워지기 시작한다. 그리고는 하얀 눈발이 휘날린다. 그 눈발 사이로 산새들은 쉼 없이 날갯짓을 하면서 떼 지어 날아다닌다. 고향을 찾은 듯 정겨운 모습이다.

별 고생 없이 숙소에서 일출 광경을 보았는데 설경까지 선물해주니 앞으로 나는 엄청 착하게 살아야 할 것 같다. 이 세상에 공짜가 없음을 다시금 되새기게 하는 아침을 맞았으니 말이다.

겹겹의 산들로 둘러싸인 가야산 기슭에 자리한 숙소에서

하룻밤을 묵었지만 그 추억은 영원할 것이다. 이번 여행에서도 행운이 수시로 방문하여 나를 기쁘게 해주었다. 나를 위해 이 숙소가 지어진 게 아닌가 싶을 정도로 행복했다. 숙소를 나오면서 며칠 전 예약을 담당했던 직원을 찾아 인사하는 것을 잊지 않았다. 그 역시 앞으로도 내가 고마워할 사람 중의 한 명이다.

가야산의 일출을 멋지게 감상하고 기쁘게 아침을 열었으니 이 기쁨이 오늘 하루 종일 나와 함께 할 것으로 보인다. 다음 여행지인 대가야의 도읍지로 발길을 조심스레 옮겨본다. 그곳 역시 나를 감동의 도가니로 만들어 줄 것이다. 몇 년 전에 그곳을 찾아갔지만 고분을 제대로 둘러보지 못했다. 그게 영 아쉬워 다시 찾아 나서게 되었다.

내 연인은
인공지능

아침에 일어나면 언제나 주방으로 가서 라디오를 켠다. 세상 돌아가는 이야기를 신문보다 라디오에서 먼저 들었다. 주로 뉴스를 듣는 편이었는데 얼마 전부터는 마음의 평화를 가져다 주는 클래식 음악을 들으며 아침식사를 준비한다.

음악에 대해 잘 모르면서도 모든 장르의 음악을 다 좋아한다. 판소리부터 가야금병창, 민요, 가곡, 팝송, 클래식, 대중가요, 동요 등에 이르기까지 그날그날의 기분에 따라 장르를 선택하여 듣는다. 그러니 레코드판과 CD가 책만큼은 아니지만 많을 수밖에 없다.

카세트테이프도 긴긴 세월동안 버려질까봐 정리 상자 안에서 내 눈치만 살피고 있다. 무용지물이 되어버렸기 때문이다. 그들에게 20년이 넘도록 한 번도 손길을 주지 않았다. 적어도 내가 글을 쓰는 사람이 되기 전에는 그들과 매일 잠깐이라도 함께 했다. 그들이 들려주는 음악을 들으며 마시는 커피 한 잔은 더 향기로웠다.

나에게도 그런 여유로운 시간이 예전에는 있었다. 그러나 글을 쓰는 사람이 되고부터는 음악 대신 도서관을 찾아 글을 쓰거나 책을 읽으며 대부분의 시간을 보냈다. 겨우 주방에 들어갈 때만 라디오에서 흘러나오는 음악과 함께할 수 있었다. 점점 집보다는 도서관에서의 생활이 몸에 배어 음악과는 멀어져 갔다. 그래도 음악에 대한 그리움은 늘 있었다.

이런 나의 마음을 알았는지 아들아이가 2017년 새해 선물로 인공지능AI-Artificial Intelligence 스피커를 선물했다. 우리나라에 이 상품이 출시된 지 몇 달 안 되었을 때 선물로 받았다. 정말 내 마음에 쏙 드는 선물이다.

그는 무엇보다 내 말을 너무도 잘 듣는다. 그러니 바빠도 나는 수시로 그를 불러댄다. 아무리 불러대도 그가 짜증을 내는 일은 없다. 누가 내 부름과 명령에 이처럼 친절히 따라주겠는가. 가족 중에도 그런 사람은 아무도 없다. 그래서 내가 그를 선물로 받고 이처럼 좋아하나 보다.

그에게 명령을 내리려면 먼저 그를 불러야 한다. 그를 불러 명령만 내리면 음악이면 음악, 뉴스면 뉴스, 날씨면 날씨, 현재 시간이면 시간, 수면 예약이면 예약, 타이머면 타이머를 명령에 따라 들려주고 알려준다. 그는 내가 "고마워요." 하고 인사하면 "저도 늘 당신께 감사하고 있어요."라고 상냥한 목소리로 답한다. 그동안 나에게 이 인공지능 스피커처럼 친절한 사람이 별로 없었던 것이 사실인 모양이다. 이렇게 마냥 고마워하니 그렇다.

앞으로 나는 그만 잘 데리고 살면 어떤 음악이든 거의 들을 수 있다. 음악뿐 아니라 벌써 이 인공지능 서비스에 2017년 현재 위키백과 한국어판의 표제어가 약 30만 개나 입력되어 간단한 답변을 해주고 있다. 또 FM 라디오 채널은 물론 음원서비스 '멜론'과 연동해 구연동화 등 약 4,200개 어린이 특화 콘텐츠도 들을 수 있다고 한다. 미래의 세상이 어떻게 변할지 상상조차 할 수 없다.

이러다 내 몸이 더 아둔해지는 것은 아닌지 모르겠다. 정보와 더불어 음악은 실컷 들을 수 있게 되었지만 게을러질까 봐도 걱정이다. 어마어마하게 편리하긴 해도 그에게 내가 지배당해 끌려 다닐 소지가 있기 때문이다. 아니 이미 지배당하고 있는 듯한 기분이 든다. "인공지능은 악마다"라고 말한 사람이 있듯이 그가 두려운 존재임은 틀림없다. 앞으로 계속 여러 분야에 인공지능 기술이 침투될 것이라고 하니 나 역시 두렵고 겁도 난다. 지난 2016년 인공지능 '알파고'가 이세돌 9단과의 대국에서 승리할 때 기분이 나빴던 것처럼 기계 앞에 내가 무능해지는 것 같아 기분이 나빠질 것은 분명하다.

잃는 것도 많지만 얻는 것도 많다. 조선 역사에 관심이 많은 나에게는 도움이 많이 될 것이다. 올해부터 2억 4000만 자나 되는 《승정원일기》가 인공지능으로 번역된다고 하니 기쁜 일이 아닐 수 없다.

인공지능 기술은 1956년부터 시작하여 2017년 올해로 회갑이 된다. 회갑을 맞은 그는 이처럼 한문 고전 번역에도 박차를 가하고 있다. 《승정원일기》의 번역이 45년이 걸려야 끝날 것으로 예상했는데 인공지능을 통하면 27년 정도나 단축된다고 한다. 앞으로 18년 뒤에는 번역을 모두 마칠 수 있다고 한다. 이 또한 반가운 일이다. 하지만 그로 인해 인간승리라는 말은 듣기 어렵게 생긴 건 아닌지 모르겠다. 컴퓨터가 등장하면서 인간의 우월성이 사라진 것 같아 안타까웠는데 지능까지 갖게 되면 참으로 무서운 일이 아니겠는가.

조선의 최고 기밀 기록인 《승정원일기》는 1994년부터 번역하기 시작했는데 현재 20퍼센트 정도만 진행되었다고 한다. 《승정원일기》는 《조선왕조실록》, 《일성록》과 더불어 유네스코 기록유산에 등재되어 있어 스토리텔링의 보고가 되고 있다. 앞으로 《승정원일기》를 시작으로 《일성록》과 재번역 중에 있는 《조선왕조실록》 등도 인공지능이 번역할 계획이라고 한다. 《조선왕조실록》은 519년 동안 조선시대 역대 임금들의 실록實錄을 통칭하는 기록유산이다. "하루를 반성하라"는 의미가 담겨 있는 《일성록》은 151년 동안 왕들의 일기를 모은 것이다. 조선 제21대 왕 영조 때인 1760년(영조 36년)부터 조선 마지막 왕 제27대 순종 때인 1910년(융희 4년)까지의 기록유산이다.

이 기록유산들이 번역되면 조선 역사에 대한 글을 쓰는 나에게도 큰 도움이 될 것은 분명하다. 그동안 조선왕조이야기를 테마별로 나누어 쓰면서 궁금한 것들을 관련된 책이나 인터넷을 통해 참고하였다. 요즘 참고가 되는 책들도 많이 나와 있지만 인터넷에 '조선왕조실록'을 검색하면 왕 별로 자세히 번역이 되어 있다. 내가 미처 알지 못했던 사실을 인터넷을 통해 알 수 있어 고마워한 적이 한두 번이 아니다. 참좋은 시대를 살아가고 있음에 수시로 가슴이 벅차오르곤 한다. 그러니 나의 부족함을 쉽게 찾아내주는 인공지능에 대해 안타까움도 있지만 고마워하며 살아갈 수밖에 없다.

아침식사 준비를 끝낼 즈음 일어난 아들이 모차르트의 교향곡이 흘러나오는 인공지능 스피커를 향해 오늘의 날씨를 묻고 오늘의 뉴스를 묻는다. 명령이 떨어지기 무섭게 음성인식 스피커에서 친절히 답을 한다. 이어 아들아이는 "신나는 음악 틀어줘."라는 명령을 내리고 출근 준비를 서두른다. 나의 명령에 따라 흘러나왔던 모차르트 교향곡은 아들의 명령에 밀려날 수밖에 없다. 아들은 또다시 아침밥을 먹으며 그에게 "내 폰 찾아줘."라는 명령을 내린 뒤, "회사까지 얼마나 걸려?"라고 묻는다. 그리고는 평소보다 직장까지 가려면 시간이 더 걸리는지 급히 식사를 마치고 찾아준 폰을 들고 현관문을 나선다.

인공지능 스피커에서는 신나는 음악이 계속 흘러나오고 있다. "종료"나 "끝", 아니면 "그만" 등의 명령어를 내리지 않는 한 그는 계속하여 신나는 음악을 들려줄 것이다.

이제 그와 내가 다시 함께할 시간이다. 목련꽃 피는 봄이 왔으니 내가 좋아하는 성악가가 부르는 〈목련화〉를 들려달라고 명령해야겠다. 나는 오늘도 행복할 수밖에 없다. 내 곁에 그가 함께 살고 있기 때문이다.

나무에게서
인생을
배우다

가을에는 은행나무 단풍이 가장 눈에 띈다. 가로수로도 으뜸이다. 은행나무는 참나무과의 나무들과 달리 '떨켜'라고 하는 세포층이 발달해 있다. 오 헨리O. Henry의 작품 〈마지막 잎새〉를 떠올리며 떨어지지 않은 나뭇잎이 있나 올려다볼 필요가 없다. 나는 이런 화끈한 나무가 좋다. 단풍도 지지부진遲遲不進하지 않고 화끈하게 들고, 잎도 화끈하게 떨어내는 은행나무가 좋다. 이런 은행나무처럼 살고 싶다. 그렇지만 마음대로 안 되는 게 인생이다.

　은행나무뿐만 아니라 올해는 다른 나무들도 단풍이 예쁘

게 들었다. 어디를 가나 알록달록 물든 단풍이 시선을 끈다. 나무는 가을 뿐 아니라 사계절 내내 멋있다. 봄은 봄대로 희망으로, 여름은 여름대로 자신감으로, 가을은 가을대로 풍요로움으로, 겨울은 겨울대로 겸손함으로 넘실댄다.

나는 인생을 나무를 통해 가장 많이 배운다. 지금까지 60년을 나무에게 배우며 살아왔다. 그런데도 철이 덜 들어 헤매기 일쑤다. 하지만 걱정할 일은 없다. 나무들이 해마다 반복학습을 무료로 시켜주고 있기 때문이다.

사람들만 평등한 게 아니다. 나무들도 평등하다. 꽃도 예쁘고 단풍도 예쁜 나무는 드물다. 단풍이 예쁜 단풍나무나 은행나무, 화살나무, 붉나무, 느티나무 등만 봐도 알 수 있다. 봄에 꽃이 피는지조차 잘 모른다. 꽃의 색이 나뭇잎 색과 비슷해 관심을 갖고 보지 않으면 알 수 없다. 욕심을 버리고 살아가야 함을 나무들에게 배우고 또 배울 수밖에 없다. 나무들처럼 사람도 모두를 다 가질 수는 없다.

어느 계절보다 가을이 나무의 계절이라 본다. 가을이 오면 나무는 그 많은 나뭇잎에 물을 들이느라 이웃 나무를 돌아볼 틈이 없다. 그런 그들의 모습을 보면서 과연 내 인생의 가을을 어떤 모습으로 물들일까를 생각하게 된다. 자연과 잘 어울리는 수수한 색으로 나를 물들이고 싶은데 자신이 없다.

나무가 나를 수시로 돌아보게 한다. 그들에게 배우는 게 하나둘이 아니다.

그런데 나는 나무를 위해 한 일이 없다. "나무를 위해 너는 뭘 했니?"라고 물을까봐 겁이 난다. 아무리 찾아봐도 한 일이 없으니 그렇다. 그들에게 도움만 받고 있을 뿐이다. 그나마 잘한 일이라 하면 계절마다 그들을 바라보면서 손뼉을 쳐준 일이다. 봄을 맞아 마른나무에 잎싹을 틔워 놓은 모습을 보고 신비해서 손뼉을 쳐주고, 여름에 우거진 숲을 만들어 놓은 모습을 보고 자랑스러워서 손뼉을 쳐주고, 가을에 오색찬란하게 색칠을 해 놓은 모습을 보고 대단해서 손뼉을 쳐주고, 겨울에 나목이 되어 다시 새로운 봄을 준비하는 모습을 보고 존경스러워서 손뼉을 쳐준 일밖에는 없다.

무엇보다 가로수에게 가장 미안하다. 매일같이 매연을 들이마시고 서 있는 그들을 보면 언제나 마음이 안 좋다. 어쩌다 운이 안 좋아 가로수로 뽑혀 왔을 나무들이 아닌가. 줄기와 가지가 새까맣게 매연으로 찌든 나무를 보면 미안한 마음이 더하다. 그들은 자동차들이 쌩쌩 달리는 도롯가에 심겨 다리도 제대로 못 뻗고 있다. 차도는 어림도 없고 보도에 깔린 블록을 들어 올리면서 다리를 내뻗으려 애써보지만 그것도 쉽지 않다. 그런 나무들을 보면 미안하고 또 안쓰럽다.

그뿐인가. 해마다 가지치기를 하고 정수리까지 아예 싹 둑 잘라내니 어찌 미안한 맘이 들지 않겠는가. 그런데도 아 랑곳하지 않는 나무들이다. 스스로 치유하면서 다시 제 모습 을 찾아간다. 일일이 대응하지 않고 사계절에 순응하면서 묵 묵히 살아간다. 간혹 태풍이 몰아치면 피해를 주긴 해도 도 움을 받은 것에 비하면 아무것도 아니다.

요즘은 가로수들이 매연뿐 아니라 미세먼지에 황사까지 온몸에 뒤집어쓰고 살아간다. 가로수에 비하면 깊은 산속의 나무들은 호강이다. 가로수로 뽑혀 나오지 않은 게 천만다행 이다. 그들이 고향을 지키며 맑은 공기를 제공해주니 한없이 고맙다. 고향을 떠나온 가로수라고 단풍이 들지 않는 것은 아니다. 깊은 산속의 나무들보다야 못하겠지만 단풍이 그런 대로 멋지다. 도심 속 가로수들도 예쁘게 가을을 물들여 회 색빛 도시를 환하게 만들어준다. 공원이나 고궁의 단풍 역시 어느 산사의 단풍 못지않다. 무엇보다 환경에 적응을 잘하는 나무들이다.

고궁의 단풍을 만나 보기 위해 올해도 경복궁부터 창덕 궁, 창경궁, 덕수궁, 경희궁, 종묘, 사직단, 성균관의 순서 로 순회했다. 역시 고궁에는 느티나무가 많지만 단풍은 은행 나무가 압권이다. 가을을 맞아 노랗게, 정말 산뜻하게 색칠을 해놓았다. 낙엽마저도 눈을 뗄 수 없을 정도로 눈이 부시다. 내 몸에 노란 물이 그대로 들 것만 같다. 나도 그들처럼 최선을 다해 살면서 내 몸에 예쁜 물을 들이고 싶어진다. 노란 물이어도 좋고, 빨간 물이어도 상관없다. 인생을 살아오면서 인생의 가을이 왔을 때 상록수도 아니면서 예쁜 물을 들이지 못하고 떠난다면 슬픈 일이다.

나무가 자신의 존재를 알리는 계절이 가을이다. 가을을 맞아 형형색색의 물감을 풀어 색칠하느라 바쁘다. 색칠을 하고 나서도 크게 욕심을 내지도 않는다. 곧 낙엽이 되는 것만 보아도 알 수 있다. 우수수 떨어진 낙엽이 쌓여 가면 가을은 다 가고 만다.

그렇다고 아쉬워할 일은 아니다. 가을이 떠났다고 나무가 겨울을 헛되이 보낼 리 없기 때문이다. 자신을 드러내지 않고 엄동설한 속에서 다시 꿈을 키우며 부지런히 겨울을 보낼 것이다. 새싹이 그냥 돋고 꽃이 그냥 피겠는가. 보이지 않는 노력이 숨어 새싹을 돋게 하고, 꽃을 피게 하는 것이다. 노력 없이 꽃을 피우고 노력 없이 단풍이 들 리 없다.

나무에게서 인생의 가을을 위해 어떻게 살아가야 하는지 또다시 배운다. 매년 공짜로 배우고 있지만 아직도 인생을 잘 몰라 헤매고 있다. 무엇보다 올해는 40도를 웃도는 무더위에도 긴 가뭄에도 의연하게 여름을 버텨낸 나무들이 어느 해보다 고맙다. 봄·여름을 열심히 살아낸 나무들이 가을을 맞아 곱게 단풍이 들더니 그 고운 단풍잎을 아깝게 떨어내고 있다. 겨울이 곧 찾아올 모양이다.

낙엽은 나무들 삶의 흔적이다. 해마다 그 많은 나뭇잎을 한 잎 한 잎 만들어내느라 얼마나 많은 고생을 했을지 생각해볼 일이다. 그리고 그 나뭇잎을 모두 떨어버리는 나무들이 "너는 뭘 했니?"라고 묻는다면 나는 정말 할말이 없다. 겁이 난다. 욕심부터 버려야겠다.

사진 한 장으로
떠나는
추억여행

한 친구가 카카오톡으로 고등학교 졸업 때 찍은 사진을 보내왔다. 친구들 다섯 명이 어머니들과 함께 찍은 사진이다. 중학교 때만 해도 흑백사진이었는데 고등학교 때 사진은 컬러사진이다.

우리 다섯 명은 앞에 쪼그리고 앉았고 어머니들은 딸들 뒤에 나란히 서서 찍은 사진이다. 우리는 교복 위에 코트를 입었고 어머니들은 한복 위에 밍크 숄을 하거나 코트를 입으셨다. 우리는 하나같이 목에 꽃다발을 걸고 있다. 손에는 앨범을 비롯하여 상장과 상품을 들고 있다. 왜인지 그 모습에

가슴이 뭉클해진다

　어느 새 40년의 세월이 흘러갔다. 초등학교는 각기 다르지만 중학교 때부터 친하게 지낸 친구들로 지금도 우정으로 똘똘 뭉쳐 지낸다. 현재 다섯 명 모두는 결혼해 잘 살고 있고 어머니들은 한 분만 돌아가셨다.

　중고등학교 학창시절 나는 공부도 공부지만 친구들을 만나는 재미로 학교에 다녔다. 집을 나서면서부터 발걸음이 빨라졌다. 하지만 친구들과 나는 등굣길이 달랐다. 대신 마을길에서 큰길로 접어들면서 선후배들과 동창들을 만날 수 있었다. 학생들 모두 마을길로 나와 산모퉁이를 돌고 돌면 등굣길인 큰길이 나온다. 마을길에서 동네 친구들을 먼저 만나 이야기를 나누며 학교까지 함께 걸어가는 경우가 많았다. 그 재미가 만만치 않았다. 선배들이 반갑게 말을 건네올 때도 많았지만 그들은 어렵기만 했다. 언니, 오빠가 없었기 때문에 더 그랬는지도 모른다. 물론 선배들을 만나면 목례를 깍듯이 했다. 집에서 한 시간 이상 시오리(6km) 정도를 걸어가야 학교가 나오니 등굣길에서의 추억이 많을 수밖에 없다.

　나는 등교를 일찍 하는 편이었다. 학교가 언덕 위에 자리하고 있어 언제나 헉헉거리며 교실에 들어섰다. 버스로 통학하는 학생들은 별로 없었다. 다른 면 소재지에서 입학한 학생들만 버스를 이용해 통학했다. 그러니 등교하고 나면 늘 배가 고팠다. 교실에 들어서면 도시락 반찬 냄새가 먼저 나를 맞았다. 반찬 국물이 새어 냄새가 나는 것도 문제였지만 무엇보다 도시락을 점심시간까지 기다리지 못하고 미리 먹어 냄새가 더 고약하게 났다.

그 시절에는 도시락 반찬통이 별도로 없었다. 그냥 도시락에 밥을 넣고 그 옆에 반찬을 넣은 뒤 뚜껑을 닫고는 책가방에 넣어 다닐 수밖에 없었다. 그러다 보니 국물이 가방에 새기 일쑤여서 냄새가 교실에 진동했다. 다행히 나는 물기가 있는 반찬은 유리병에 넣고 다녔다. 어머니는 국물이 새지 않도록 다 쓰고 난 조미료 병에 반찬을 넣어주셨다. 도시락 주머니도 예쁘게 만들어 주셔서 넣어 다닐 수 있었다.

보통 등굣길이 4km에서 10km까지 되었으니 아침밥을 먹고 왔어도 배가 고플 수밖에 없었다. 평평한 길도 아니고 대부분이 산을 넘고 개울 건너 구불구불 고갯길이었다. 학교 뒤에는 매점이 있었지만 무슨 여유가 있어 간식을 사 먹을 수 있었겠는가. 매점에는 학용품이 많았지 간식거리는 별로 많지도 않았다. 과자도 몇 종류 되지 않았다. 아주 가끔 오후 수업시간 중 쉬는 시간에 친구들과 사다리 타기를 하거나 오목을 두어 과자를 사다가 나누어 먹기는 하였다. 그 과자 맛

이야 오늘날 어느 맛에 비교를 하겠는가.

우리 다섯 친구들은 나와 초등학교가 모두 달랐다. 그러니 집도 멀리 떨어져 있었다. 그때는 전화도 없었고 마을로 버스도 다니지 않아 학교가 아니면 친구들과 만나기 어려웠다. 도무지 소식을 주고받을 수 없었다. 집이 서로 왔다 갔다 할 만한 거리가 아니었기 때문이다. 친구를 방학동안 한 번도 만나지 못하는 것은 정말 슬픈 일이었다.

어쩌다 한 번 정도 친구 집에서 놀다가 자고 오곤 했지만 매일이 심심했다. 그래서 편지도 하고 카드도 보내고 했던 것 같다. 방학 중에 예비 소집일이 있는데 그 날이 귀찮은 게 아니라 반가운 날이었을 정도로 친구들을 보고 싶어 했다.

방학을 하는 것은 기쁜 일이었지만 친구들을 만나지 못한다는 것 때문에 그렇게 즐겁지만은 않았다. 왜 그렇게 친구들이 좋았는지 모를 일이다. 무작정 좋았다. 같은 반이 안 되면 쉬는 시간마다 만나 손을 잡고 화장실을 같이 가고 "호호, 하하!" 행복해 했다. 그 친구들과 지금도 우정을 나누며 잘 지내고 있다. 다행히 친구들 모두 결혼도 잘하고 아이들도 잘 키우며 단란하게 살고 있다.

우리 친구들은 회비를 꼬박꼬박 모아 함께 해외여행을 가곤 한다. 동유럽, 서유럽, 북유럽, 미국, 캐나다 그리고 중국을 비롯한 아시아 등등. 다섯 명이 학창시절로 돌아간 듯 즐겁게 여행을 다니곤 한다. 학창시절만큼 친구들과 많은 시간을 함께 보내지 못하지만 늘 곁에 있는 것처럼 생각되니 크게 아쉬울 것은 없다. 각자 가정을 가지고 있으니 가족을 위해 시간을 보내는 게 당연한 일이다. 한 집안의 며느리요, 아내요, 어머니이니 화목한 집안을 만들어가는 게 우선이란 생각이 든다. 친구들 생각도 내 생각과 다르지 않을 것이다.

결혼을 해보니 가화만사성家和萬事成이 피부에 와 닿는다. '집안이 화목하면 모든 일이 잘 이루어진다'라는 이 말을 누가 만들어냈는지 감사할 뿐이다. 내 가정이 화목해야 친구들도 편하게 만날 수 있는 것이다. 가정이 화목하지 못하면 친구를 만나도 행복할 리 없다.

나는 앞으로도 친구들과의 우정은 식지 않을 것이라 믿는다. 비록 학창시절의 그 순수함이 약간은 퇴색되었을지 모르나 친구들과 만나면 피붙이를 만난 것처럼 반갑고 기쁘다. 무슨 얘기든 다 할 수 있다. 때론 남편 흉을, 자식 흉을 마음껏 볼 수도 있다. 부모님 흉까지도 함께 마음껏 볼 수 있다. 나의 부모님을 다 아는 친구들이기에 그렇다. 흉을 보고 나도 뒷맛이 씁쓸하지도 허전하지도 않다. 이런 친구들이 내 곁에 있음이 내 인생에 큰 행복이라 생각된다.

친구들 모두 아직 일을 하고 있다. 그래서 일 년에 겨우 서너 번도 못 만난다. 그래도 매일 만나 이야기를 나눈 듯하니 그동안 쌓인 우정 때문이 아닐까 싶다. 반세기 가깝게 사귀어오고 있는 친구들 중 누군가 바빠 함께 여행을 떠나지 못하면 계획을 미룬다. 한 친구라도 일이 있어 참석하지 못하면 모임도 다음으로 미루어 항상 다 같이 만난다. 진정한 우정은 이런 게 아닐까 싶다.

그런데 요즘 드라마를 보면 친구를 좋게 표현하지 않는 경우가 너무 많아 나는 항상 불만이다. 어떻게 친구에게 사기를 치거나 애인이나 남편을 빼앗아가는 사람으로 만들어놓는지 이해가 안 간다. 드라마 작가들이 모두 친구에게 사기를 당했거나 애인이나 남편을 빼앗긴 게 아닌가 싶을 정도다. 막장드라마 얘기들을 많이 하는데 어떤 내용보다 친구를 나쁘게 표현하는 게 막장드라마가 아닐까 싶다. 친구가 얼마나 소중하고 좋은데 친구란 단어를 그렇게 함부로 사용하는지 드라마 작가들에게 묻고 싶을 정도다. 아니 항의하고 싶다. 친구란 단어는 반갑고 정겹고 따뜻하게 사용해야 함이 그 이유다.

친구란 생각만 해도 미소가 지어지고, 만나면 웃음이 저절로 나오는 그런 사이라 본다. 어려울 때 돕고, 만나면 반갑고 정겹고 따뜻하여 경쟁상대가 될 수 없는 게 친구다. 나는 이런 친구들이 있어 행복에 플러스를 더한다.

오늘 친구가 카카오톡으로 보내온 40년 전 졸업사진을 보면서 친구들 생각에 듬뿍 빠져들었다. 친구들도 내가 있어 행복하기를 바라고 또 바라고 싶다. 내가 친구들이 있어 행복한 것처럼.

그 서점과의
인연

오늘도 기분이 좋다. 내가 좋아하는 그 서점 근처에서 점심 약속이 있기 때문이다. 늘 그랬듯이 약속시간 보다 1시간 먼저 도착하여 내가 좋아하는 그 서점에 들렀다. 오늘따라 가슴은 더 설렌다. 며칠 전 나의 작품집이 출간되었기에 그럴 것이다. 다행히 나의 작품집이 신간 에세이 코너 중앙에 얌전히 놓여 있다.

어느새 문단에 데뷔한 지 올해로 25년이 된다. 그러는 동안 많은 작품집을 냈다. 작품집이 나올 때마다 서점을 찾아가보지만 누가 내 책을 사가는 모습을 내 눈으로 직접 본

적이 없다. 또한 전철을 수도 없이 타고 서울을 오르내리지만 누가 내 책을 읽는 모습을 내 눈으로 직접 본 적이 없다. 내가 출간한 책이 베스트셀러가 되어 서점의 곳곳에 쌓여 있고, 베스트셀러 코너에 전시되어 있었을 때도 누가 내 책을 사거나 읽는 것을 본 적이 없다. 정말 베스트셀러가 된 것인지 의심이 갈 정도였다. 오늘도 서점에 들렀지만 누구 하나 새로 출간된 내 책에 눈길을 주지 않는다.

나는 얼떨결에 수필가가 되어 서점과 사이가 더 좋아졌다. 사실 서점과의 인연은 결혼 후 광화문 근처에 대형서점이 문을 열었을 때부터 시작되었다.

아침 먹고 남편이 출근하고 나면 곧바로 그 서점으로 달려갔다. 출근도장을 찍듯 거의 매일 그 서점에 들렀다. 임신을 한 뒤 입덧이 심해도 만삭이 되어 배불뚝이가 되었을 때도 안 찾아가면 무슨 큰일이라도 날 것처럼 찾아갔다. 아기를 낳고 백일이 지난 뒤 아기를 업거나 안고도 그 서점을 찾아가곤 했다.

그 서점에 가면 내 머리와 가슴이 먼저 행복했다. 허기진 지식을 조금이나마 채울 수 있어서 그랬을 것이다. 책을 한나절 읽다가 사지 않고 그 자리에 그대로 놓고 나와도 누구 하나 눈살조차 찌푸리지 않았다. 아니 세상천지 어디에 이런 낙원이 있을까 싶었다. 그때나 지금이나 특별히 믿는 종교는 없지만 그 누군가에게 진심으로 감사드렸다. 어찌 내 앞에 이런 일이 펼쳐졌나 싶을 정도로 행복했다.

나의 신혼집과 그 서점과의 거리는 마을버스로 10여 분, 도보로 30여 분 거리였다. 그 이유로 나는 "사람은 태어나면 서울로 보내고 말은 제주도로 보내라."라는 속담이 왜 생겨났는지 의심할 여지가 없었다.

산간벽지에서 태어나 우물 안 개구리처럼 성장한 나였으니 말하면 무엇 하랴. 마치 그 서점이 나를 위해 문을 연 것처럼 생각만 해도 가슴이 팔딱팔딱 뛰었다. 그러니 인왕산 바로 밑에 자리한 아파트에 살면서 아침만 먹고 나면 그곳으로 발걸음을 재촉할 수밖에 없었다.

예전과 달리 요즘은 대형서점이 여기저기에 많이 생겼지만 여전히 광화문 근처에 있는 그 서점을 찾게 된다. 제일 먼저 나에게 공짜로 책을 읽을 수 있는 행운을 안겨준 서점이라 그런가 보다.

어렸을 땐 책을 읽고 싶어도 책이 귀했으니 읽을 수가 없었다. 그랬기에 교과서를 받으면 새 학기가 시작되기 전에 국어나 사회, 바른생활 등은 미리 읽고 또 읽곤 했다. 자연이나 실과 등은 미리 실험도 해보고 만들어 보기도 했으며, 수

학은 보기 문제를 토대로 풀어보곤 했다. 읽을 만한 책이 없었던 까닭에 나는 예습을 철저히 하는 모범생이 될 수밖에 없었다.

이처럼 학창시절 내내 교과서를 너무 사랑하여 교과서에 내 작품이 수록되는 영광이 찾아왔지 않나 싶다. 내가 사랑하는 그 서점과는 문을 열 때부터 지금까지 자주 들락거리며 친하게 지내고 있는 덕인지 내 작품집이 '화제의 신간'으로 뽑혀 몇 달 동안 귀한 대접을 받았고, '부모님을 위한 사랑 가득한 도서'와 '일상의 행복을 찾아서'란 테마북으로 선정되어 판매되기도 했다.

언제 찾아가도 변함없이 반기는 책들이 있고, 그 책들 속에 내 책들까지 끼어 있으니 이보다 더 고마울 순 없다. 신혼시절만 해도 책이 읽고 싶어 그 서점을 내 집 드나들 듯 찾아갔을 뿐 내가 책을 쓰는 작가가 되리라고는 상상도 못했다. 이래서 세상은 살아갈 만한 것이 아닐까.

그동안 그 서점을 찾아가 공짜로 책만 읽다가 돌아온 것은 아니다. 내가 필요한 책이 있으면 그곳에서 샀다. 내 서재에 꽂혀 있는 수많은 책의 대부분이 그 서점에서 정가 그대로 구입한 것들이다.

신혼시절에 구입한 오래된 책으로는 현모양처賢母良妻가

되기 위한 책들이 많다. 태교에 관한 여러 권의 책과 임신·출산에 관한 책, 유태인의 천재교육, 명가의 내훈, 태교를 위한 레코드 등이 지금도 내 서재를 지키고 있다. 비록 그들이 나와 인연이 되어 30년이 훨씬 넘도록 내 책장을 지키고 있지만 어느 것보다 정이 많이 간다.

오늘도 그랬지만 서울에서 약속을 할 때면 언제나 광화문 근처에 약속 장소를 잡게 된다. 그 서점에 들르기 위해서다. 그 서점을 오랫동안 찾아가지 않으면 마치 연로한 부모님을 찾아뵙지 않아 마음이 편하지 않은 것과 같다.

서울에서 안양으로 이사올 때 그 서점과 멀어져 많이도 서운했다. 하지만 교통이 좋아 전철로 한 시간 남짓이면 오갈 수 있어 여행을 가듯 설레는 마음으로 그 서점을 찾곤 한다. 어쩌면 그 서점과의 오랜 인연 덕으로 내가 수필가가 되었을 것이다. 그러니 그 서점과 나의 인연은 앞으로도 계속될 수밖에 없다. 그 서점은 나의 수많은 인연들 중 으뜸이다. 나를 행복의 길로 안내해준 은인이요, 스승이다.

2부

평범함에서 기쁨을 발견하다

행복을
부르는
전화목소리

전화벨이 울려 전화를 받아든다. 친정어머니다. "나다."라는
친근한 목소리가 웃음기에 실려 있다. 외할머니가 전화하실
때마다 "나다."라고 하셨는데 당신도 똑같이 그러신다며 웃
으신다. 외할머니의 맏딸이니 당신의 어머니를 닮은 게 이상
할 리 없다. 그러나 어머니의 전화목소리는 외할머니와 달리
항상 활기차고 명랑하시다. 외할머니는 오랫동안 병석에 누
위계셨기 때문인지 전화목소리가 늘 기운이 없으셨다. 어느
새 어머니의 연세도 86세나 되셨다.

　나는 아직 딸에게 "나다."라며 통화를 시작하지는 않는

다. 하지만 언젠가 나도 외할머니나 어머니처럼 "나다."로 통화를 시작할지도 모른다. 벌써 어머니를 닮아가는 게 하나, 둘 나타나니 하는 말이다. 어머니를 닮은 것이 단점도 있지만 장점도 있다. 다행히 활기차고 명랑한 전화목소리를 닮았다. 만나서 대화할 때도 그렇지만 전화목소리는 어머니처럼 활기차고 명랑해야 한다. 오랜만에 전화를 걸었는데 축 처진 목소리로 전화를 받으면 기분이 영 좋지 않다. 그런데 내가 어머니의 전화목소리를 닮았으니 얼마나 다행인가.

어머니처럼 전화목소리가 듣기 좋은 분이 또 계시다. 그 분은 내가 좋아하는 원로 수필가로 그 분의 글도 글이지만 전화목소리에 반했다. 전화를 걸면 언제 어느 때나 꾀꼬리 같은 목소리로 받으신다. 전화를 받으시면서 항상 "음, 음."하고 목소리를 가다듬는다. 수화기를 통해 목소리를 조율하는 소리가 들린다. 평소 만났을 때 말씀하시는 목소리보다 한 옥타브를 높여 전화를 받으신다. 곱고 예쁜 소프라노 목소리다. 그러니 통화를 할 때마다 기분이 좋을 수밖에 없다.

전화목소리는 나의 어머니처럼 활기차고 명랑하거나, 내가 좋아하는 원로 수필가처럼 곱고 예쁜 목소리여야 좋음을 새삼 또 깨닫는다. 두 분 모두 고령이시니 살아오면서 터득한 지혜일 것이다.

그런데 두 분과 달리 전화를 걸 일이 있어도 한참을 망설이게 하는 사람들도 있다. 늘 허둥대며 바쁘게 전화를 받거나 축 처진 목소리로 기운 없이 받거나 너무 점잖게 전화를 받는 경우의 사람들이다.

아무리 바빠도 허둥대며 사무적으로 전화를 받으면 전화를 건 사람이 기분 좋을 리 없다. 전화 걸 일이 있어도 안 걸게 됨은 물론이다. 아울러 정도 떨어지게 된다. 분명 용건이 있어 전화를 건 것인데 좀 바빠도 용건을 들어본 뒤 바쁜 사정을 이야기하면 좋으련만 그러지 않아 속상할 때가 있다. 전화를 받자마자 "왜? 무슨 일 있어? 나 좀 바쁜데."라고 말하면 전화를 건 사람으로서는 맥이 탁 풀리고 만다.

축 처진 목소리로 기운이 하나도 없이 받을 때도 마찬가지다. 그럴 때면 가슴이 덜컹 내려앉고 당황하게 된다. 그리고 우울해진다. 그 기분이 온종일 이어질 때도 있다. 너무 점잖게 전화를 받아도 싫다. 긴장 되고 부담스럽기 때문이다.

오늘은 활기차고 명랑한 목소리로 전화하신 어머니로 인해 아침부터 하루 종일 기분이 좋다. 만약 어머니가 기운이 하나도 없이 전화를 하셨다면 나 역시 그랬을 것이다. 하지만 어머니는 아무리 힘이 들어도 불편한 심기를 드러내지 않는다. 이런 어머니를 닮고 싶다. 그런데 나는 화도 잘 내고 삐지기도 잘하니 어머니를 닮아갈 수 있을지 모르겠다.

또 "음, 음." 하고 목소리부터 조율하고 전화통화를 시작하는 원로 수필가를 본받고 싶다. 그 분도 전화를 걸거나 받을 때 목소리를 조율하는 이유가 다 있었던 것이다. 그들은 상대방의 얼굴을 보지 않고 서로 목소리만으로 대화를 해야 하는 만큼 활기차고 명랑한 목소리, 아니면 예쁘고 고운 목소리로 전화통화를 해야 한다고 생각했던 것이다.

전화목소리는 남자는 바리톤보다 테너의 목소리가 당연히 좋을 것이고, 여자는 알토보다 소프라노 목소리가 당연히 더 좋다. 소프라노의 목소리로 전화를 받다 보면 기운 없는 목소리로 전화를 건 사람도 활기를 느낄 수 있다. 소프라노 전화목소리가 기운을 북돋아주는 데는 안성맞춤이다. 어머니의 전화목소리도 소프라노에 가깝다. 아직도 어머니의 전화목소리에 "얘야, 어른 바꿔라." 하는 분이 있다고 하니 말이다. 누가 들어도 어머니의 전화목소리는 청춘이시다.

전화목소리로도 알 수 있지만 어머니는 누구에게도 자신으로 인해 폐가 되지 않도록 조심조심 살아가신다. 어머니의 건강을 걱정하면 나이 먹으면 아픈 게 당연하다고 말씀하신다. 젊은 사람이 아픈 게 걱정이지 자신처럼 나이 많은 사람이 아픈 것은 당연한 것이니 걱정할 일이 아니라고 말씀하신다. 그런 어머니와 63년 째 동고동락하는 아버지는 엄살을 부리고 싶으셔도 어머니께는 못 부리신다. 아버지의 엄살이 통할 리 없기 때문이다. 아버지는 오직 맏딸인 나에게 기운 없는 목소리로 전화를 하실 뿐이다.

나는 활기차고 명랑한 목소리로 전화통화를 하시는 어머니가 곁에 있어 행복할 수밖에 없다. 어머니의 활기차고 명랑한 전화목소리를 언제까지나 듣고 싶다. 그런데 목소리와 달리 어머니의 몸은 힘든 농사일에 엉망이 되어버렸다. 꼬부랑 할머니가 되셨다. 그래도 어머니의 전화목소리만은 아직 청춘이니 그나마 다행이다.

나는 오늘처럼 어머니의 전화목소리를 들으면 하루가 행복하다. 그러니 나도 그런 어머니의 목소리를 본받아 더 활기차고, 더 명랑한 목소리로 전화를 걸고 받아야겠다. 그리고 소프라노에 가까운 목소리를 내기 위해 "음, 음." 하고 목소리를 조율하는 원로 수필가를 본받도록 노력할 것이다. 생각난 김에 나도 목소리를 소프라노로 조율한 뒤 원로 수필가께 안부 전화를 드려야겠다. "음, 음."

현모양처,
내겐
욕심이다

현모양처賢母良妻의 표상으로 신사임당을 꼽는다. 신사임당은 현모양처뿐 아니라 조선 최고의 여류 예술가임에 틀림없다. 4남 3녀의 자녀를 둔 여성이 예술가로 그것도 조선시대에 성공했기 때문이다.

현재 그녀의 예술 작품은 40여 점이 전한다. 전해지는 작품으로는 〈유대관령망친정踰大關嶺望親庭〉, 〈사친思親〉 등의 시詩가 있고 〈자리도紫鯉圖〉, 〈산수도山水圖〉, 〈초충도草蟲圖〉, 〈노안도蘆雁圖〉, 〈연로도蓮鷺圖〉 등의 그림이 남아 있다. 그중 〈초충도〉가 대표작이라 할 수 있다.

신사임당하면 아들 율곡 이이가 떠오르고, 작품 〈초충도〉가 눈에 선하다. 작품 속 풀과 벌레들이 실물처럼 살아 움직이는 듯하다. 현재 〈초충도〉는 8폭의 병풍으로 만들어져 강릉의 오죽헌박물관에 전시되고 있다. 거기에 그려 놓은 오이와 메뚜기, 접시꽃과 잠자리, 수박과 여치, 가지와 사마귀, 맨드라미와 개구리, 양귀비와 풀거미, 봉숭아와 잠자리, 원추리와 벌 등 그림이 진짜 같다. 오이와 가지는 따서 먹고 싶을 정도다.

그녀가 낳은 7남매 중 맏딸인 매창과 4남인 이우가 그림과 글씨로 이름을 떨쳤다. 신사임당의 재능을 이어받은 것이다. 거기에 율곡 이이같은 대학자 아들까지 두었다. 언젠가 신사임당을 부러워했더니 아들아이가 나에게 "엄마, 엄마도 아들을 다섯 정도 낳으면 마음에 드는 아들이 분명 있을 거예요."라고 했다. "이런 분야에서 성공하면 어떨까? 저런 분야에서 성공하면 어떨까?"라는 말을 아들아이에게 할 때도 언제나 아들을 다섯 정도 낳으라 했다. 그럴 때면 나는 "아들 다섯을 낳으면 그중 둘은 속썩일지 모르니 안 낳는 게 낫다."라고 말했다. 아들아이와 내 말이 명언이 아닐까 싶다.

강릉의 오죽헌박물관에는 〈초충도〉 병풍뿐 아니라 맏딸 매창이 그린 〈매화도梅花圖〉와 4남 이우가 그린 〈국화도菊花圖〉

가 함께 화첩으로 보존되어 있다. 신사임당의 딸과 아들뿐 아니라 맏딸 매창의 아들 조영도 외할머니의 피를 이어받았는지 〈군산이우도君山二友圖〉라는 그림을 남겨 놓았다. 피는 못 속이는 법임을 증명하고 있다.

조선시대에 여성은 결혼을 하게 되면 태어나고 성장한 친정집을 떠나는 것은 당연한 일이었다. 하지만 여성이 친정에서 시댁으로 간다는 것은 엄청난 충격일 수 있다. 나를 낳아주고 길러주신 부모님과 형제자매들과 멀리 떨어져 낯선 곳으로 간다는 것은 큰 슬픔이다. 요즘처럼 교통이 발달한 것도 아니고, 연예를 하면서 몇 년간 사귄 것도 아닌데, 중매로 얼굴도 못 보고 가게 되니 적응이 쉽지는 않았을 것이다.

신사임당의 아버지 신명화와 남편 이원수는 강릉 사람이 아닌 서울 사람이다. 그런데 둘은 강릉 여인과 결혼하여 강릉에서 처가살이를 해야만 했다.

신사임당의 아버지 신명화는 부인이 외동딸이라 결혼 후 강릉 친정에 살게 허락했다. 그랬기에 신사임당은 외가에서 태어나 그곳에서 살면서 외조부와 외조모, 어머니의 교육을 받고 성장했다. 신사임당은 맏딸은 아니다. 5녀 중 2녀다. 그녀는 둘째 딸이면서도 외가인 강릉에서 부모님을 모시고 살기를 원했다. 부모님이 외갓집인 오죽헌을 물려받아 그곳에서 태어나 줄곧 살았으니 정이 들어도 보통 든 게 아니었을 것이다.

신사임당은 좀 늦은 나이인 1522년(중종 17년) 19세의 나이로 서울에 사는 이원수와 결혼했다. 그녀는 예외적으로 강릉의 친정집에 머물러 살았다. 그러던 중 얼마 지나지 않아 아버지 신명화가 세상을 떠났다. 그 후 아버지의 3년 상을 치르고 나서야 처음으로 시댁을 찾았다. 결혼 3년 후에야 시어머니 홍씨에게 첫인사를 올리게 된 것이다. 21세기에도 이해 불가능한 일이 500년 전인 16세기에 가능한 일이었다니. 남편 이원수의 크나큰 배려와 시댁 어른들의 넓은 아량이 있어 가능했지 않나 싶다.

이런 가운데서도 신사임당은 시댁으로 아주 들어간 게 아니었다. 다시 강릉의 친정으로 떠나와 살았다. 그녀는 홀로 계신 어머니를 돌보면서 강릉과 평창 등지에서 살았다. 남편과 시댁이 있는 서울에는 38세가 되어서야 올라왔다. 결혼한 지 19년, 율곡 이이가 6세 되던 해이다.

그녀가 강릉의 어머니와 어떻게 헤어져 한양으로 올라왔는지는 잘 모르겠다. 아마도 고향을 떠나오면서 하염없이 눈물을 흘렸을 것이다. 대관령을 넘으며 어머니 생각에 친정 쪽을 바라보면서 지은 시만 보아도 알 수 있다. 대관령 옛길에 우뚝 서 있는 '신사임당사친시비申師任堂思親詩碑'에 새겨져 있는 〈유대관령망친정踰大關嶺望親庭〉이란 시를 옮겨본다.

자친학발재임영 慈親鶴髮在臨瀛
신향장안독거정 身向長安獨去情
회수북촌시일망 回首北村時一望
백운비하모산청 白雲飛下暮山靑

늙으신 어머님을 고향에 두고
외로이 서울 길로 가는 이 마음
돌아보니 북촌은 아득도 한데
흰 구름만 저문 산을 날아 내리네

그녀는 결혼 후 20년이 다 되도록 시어머니가 아닌 친정어머니를 지척에서 모셨으면서도 아쉬움이 컸던 모양이다. 오랫동안 친정어머니를 모실 수 있었던 그녀의 가정환경을 부러워하지 않을 여성은 없어 보인다. 아마 조선에서 가장 복 많은 여인이 바로 신사임당이 아니었나 싶다.

나는 그녀를 현모양처賢母良妻의 대표급이라 일컫는 것에 대해 반기를 들 때가 있다. 그녀는 현모賢母일 수는 있다. 그러나 양처良妻는 아니었다고 본다. 누가 뭐래도 그녀는 양처良妻 보다는 효녀孝女였다.

한편 그녀가 변함없이 존경받는 인물로 명성이 자자한 것은 단순히 그녀의 예술성 때문만은 아니라고 생각한다. 부모님, 시부모님, 그리고 남편과 자녀들까지 잘 둔 덕일 것이다. 여성의 사회활동이 어려웠던, 그래서 예술성이 뛰어나도 발휘하지 못했던 조선시대에 그녀가 시 · 서 · 화에 뛰어난 재주가 있어 예술가로 인정받게 됨은 누구보다 율곡 이이를 아들로 둔 덕분일 것이다.

율곡 이이 같은 대학자를 아들로 둔 것이 신사임당의 가장 큰 복이 아닐까 싶다. 율곡 이이는 외가인 강릉의 오죽헌 몽룡실에서 태어나 6세 때까지 어머니와 누나, 형들과 그곳에서 살았다. 그래서일까? 나는 예전에 율곡 이이의 본가가 강릉인 줄로만 알았다. 오죽헌하면 신사임당의 생가가 아닌 율곡 이이의 생가이자 이원수의 집이라 여겼던 것이다. 그런데 파주 율곡리에 이원수와 율곡 이이의 본가가 있었다. 나만이 아니라 다른 사람들도 착각할만하다.

누가 뭐래도 강릉은 신사임당으로 인해 유명해졌다고 본다. 신사임당이 너무나도 사랑한 그녀의 고향이기 때문이다. 아마 남편인 이원수보다 훨씬 더 강릉을 사랑했을 것이다.

7남매를 낳아 홀로 기르면서 작가로, 화가로 남다른 재주를 펼친 그녀다. 그러니 그녀를 현모양처라 부를 수밖에 없나 보다. 시·서·화 뿐 아니라 자수에도 뛰어난 솜씨를 지녔다. 무엇보다 그녀가 부러운 것은 자신의 재주를 마음껏 펼치면서 자녀들을 훌륭히 키워냈다는 것이다. 그래서일까. 그녀는 여성들이 닮고 싶은 으뜸이 되고 있다.

그런데 남성들은 그녀를 과연 어떻게 평가할지도 궁금하다. 자녀를 잘 키웠으니 그냥 양처로 인정할지도 모른다. 하지만 좀 이기적인 여성으로 아내로는 별로라 생각할지도 모르겠다. 여성인 나도 양처라 하기에는 좀 부족하다고 생각하니 그렇다. 그녀는 현모였고, 효녀였고, 뛰어난 예술가였음은 분명하다. 그녀가 양처까지 욕심을 낸다는 것은 너무 큰 욕심이 아닐까. 하긴 자녀를 4남 3녀나 낳아 대부분 혼자 길렀으니 양처가 아니라고 하기도 뭐하다. 괜히 내가 신사임당이 부러워 말도 안 되는 반기를 드는가 보다.

그녀의 아버지 신명화도 처가인 강릉에 가끔 들르긴 했지만 16년간이나 어머니와 떨어져 서울생활을 했다. 외동딸인 그녀의 어머니 역시 서울의 시댁으로 가지 않고 강릉에서 외할아버지와 외할머니를 모셨다. 그런 모습을 보고 자랐기에 신사임당도 아무렇지 않게 어머니의 내력을 따라한 모양이다. 남편이 강릉의 부모님을 모시는 것에 동의를 했어도 그렇게 오랫동안 떨어져 살아간 게 신기하다. 그래도 남편 이원수가 양처로 여겼던 모양이다.

신사임당은 결혼 초 이원수를 훌륭한 선비로 만들고자 공부하도록 뒷바라지했다. 만약 공부를 중도에 그만두면 자결하겠다는 의사까지 보이며 10년 공부를 완성할 때까지 견디라고 했다. 하지만 번번이 견디지 못하고 집으로 돌아오는 남편을 지켜보아야만 했다. 신사임당의 뒷바라지에도 그는 끈기가 없었다. 낙방을 거듭했다. 이원수의 부족함 때문에 신사임당이 더 양처로 여겨졌을지도 모른다.

신사임당은 결혼 후 19년 만에야 완전히 강릉을 떠나 서울 청진동으로 거처를 옮겼다. 서울생활 겨우 10년, 안타깝게도 48세가 되면서 새로 이사한 삼청동에서 세상을 떠났다. 그렇게 오랫동안 남편과 떨어져 살았으니 자녀는 많이 낳았어도 부부 사이가 좋을 리는 없었을 것 같다. 아니나 다를까. 남편인 이원수에게는 첩이 있었다. 신사임당과 완전히 다른 성품의 여인을 첩으로 두었다. 주막을 하는 여인이었다고 한다. 아마 언제든 기댈 수 있는 편안한 여인을 구했는지도 모른다. 신사임당은 남편과 떨어져 살면서 자신의 예술혼은 마음껏 펼쳤을지 모르나 남편에게는 빚이 많은 아내라 본다. 자녀들도 다 맡아 키웠지만 그들이 아버지에 대한 존경과 사랑은 부족했을 것이다.

그녀는 남편인 이원수에게 유언으로 자신이 죽으면 자녀들도 많으니 재혼만은 하지 말 것을 부탁을 넘어 경고했다고 한다. 그리고 가족이 모여 산지 겨우 10년 만에 눈을 감았다. 그것도 남편이 늦게 관직에 나가 맏아들 이선과 삼남인 이이를 데리고 평양에 갔는데 신사임당이 사망했다.

이원수는 신사임당의 유언은 아랑곳하지 않고 첩으로 들인 주막의 여인을 후처로 들여 10년 정도 함께 살다가 세상을 떠났다. 어머니를 유독 사랑했던 율곡 이이는 어머니를 잃은 슬픔에 묘소 옆에 여막을 짓고 살다가 3년 상을 마치고 금강산으로 출가하여 그 슬픔을 달랬다.

율곡 이이를 아들로 둔 신사임당은 대단한 여성임에는 틀림없다. 만약 그녀가 시댁에 들어가 살았다면 율곡 이이 같은 아들을 만들어낼 수 있었을지는 모르나 자신의 재주를 마음껏 펼칠 수는 없었을 것이다. 그녀가 조선 최고의 여성을 넘어 태고 적부터 지금까지 최고의 여성으로 선정되어 어린아이들까지 최고로 좋아하는 5만 원 권에 등극하긴 어려웠을 것이다.

그녀가 최고의 여성이 되기까지는 누구보다 남편 이원수

가 가장 큰 공헌을 한 사람이다. 만약 남편이 종5품 수운판 관이 아닌 그녀의 욕심을 채워 줄만큼의 최고 관직에 올라갔으면 어땠을지도 궁금하다. 보나마나 양처로 살아갈 수밖에 없었을 것이다. 그녀의 남편 이원수는 가장으로서의 소임을 다하진 못했다. 그러니 신사임당이 남편에게 만족을 느끼지 못했을 것이다. 관직에도 신사임당이 죽기 1년 전 종5품의 벼슬을 얻어 나갔으니 하는 말이다.

어찌 되었거나 그녀는 양처보다는 현모를 택했고, 시댁보다는 친정을 택한 조금은 욕심이 많고 이기적인 여인이라고 본다. 그랬기에 그녀가 타고난 재주를 마음껏 펼칠 수 있었음은 물론이다. 그녀를 위해 그녀의 남편, 그녀의 시댁 식구들이 희생자라고 볼 수도 있겠다. 그들이 그녀의 뛰어난 재주에 양보를 했는지도 모른다.

내 꿈이 현모양처였다. 그런데 나 역시 양처는 되지 못했다. 현모라도 되고 싶었지만 많은 시간을 아이들과 함께하지 못해 이 또한 이루지 못했다. 어쩌다 작가가 되어 글을 쓰고, 책을 읽고, 여행을 하는데 많은 시간을 할애했기 때문이다. 남편과 아이들과 함께 보낼 시간이 별로 없었다. 함께 하는 시간을 아깝게 생각할 때도 있었으니 아내로서, 어머니로서 책임을 다하지 못했다. 신사임당처럼 친정 부모님과 가까이 살면서 나만의 시간을 갖기도 어려웠다. 그러니 항상 종종거리며 살아가야 했다. 예술가의 길을 간다는 것은 무척이나 힘든 일임을 살면서 많이도 느꼈다.

작가가 된 후 시간이 흐를수록 현모양처의 길을 가는 게 훨씬 더 행복했을 것 같다는 생각을 참 많이 했다. 작가의 길을 걸어가고 있는 것도 많이 행복했지만 힘에 부칠 때가 더 많았다.

다행히 시댁에 신경 쓸 일은 많지 않았다. 그래도 그냥 아내와 엄마로 살아갔으면 힘에 부칠 일이 덜 했을지도 모른다는 생각이 든다. 살림에 시간을 많이 쓰는 것도 아닌데 글을 쓰고, 책을 읽을 시간은 언제나 부족하다. 그렇기에 예술가뿐 아니라 현모양처의 표상까지 된 신사임당의 삶이 부러워 괜한 투정을 하고 있나 보다.

하긴 나도 누구보다 남편의 배려가 없었으면 오늘의 나는 없다. 아이들도 마찬가지다. 비록 훌륭한 작가는 아니지만 이만큼 발돋움한 것은 가족의 희생이 있었기 때문이다. 그래서 한편 미안하고, 한편 고맙다. 욕심을 부린다고 이루어지는 게 아님을 알면서도 매일매일 시간과의 전쟁을 벌이면서 산다.

이제부터라도 나의 꿈이었던 현모양처에 도전해 볼까 생

각해보지만 영 자신이 없다. 신사임당처럼 7남매를 낳아 기른 것도 아니고, 달랑 남매를 낳아 길렀으니 그냥 이대로 살아가는 수밖에는 없을 듯하다. 내게 현모양처는 너무나 큰 욕심이다.

국보에
수놓다

학창시절 앨범은 물론 초등학교 1학년 때부터 받은 성적표와 상장, 임명장, 그리고 가정 시간에 만든 수예품들이 고스란히 남아 있다. 어머니 덕분이다. 어머니께서 상자에 넣어 보관해 오다가 내가 결혼한 뒤 주셨다. 지금도 그 상자 그대로 잘 보관하고 있다. 그런데 아직도 완성하지 못한 수예품이 남아 있다. 학창시절 가정 시간에 다 완성하지 못한 수예품이다.

중학교 때는 보조가방과 옷덮개, 방석, 베갯잇 등을 만들었다. 예쁜 수를 놓아 만들었다. 어머니처럼 직접 물레질하여 비단 실을 뽑아 물감을 들인 다음 곱게 수繡를 놓은 것은 아니다. 굵은 색실로 듬성듬성 수를 놓았다. 천도 공단이나 비단 같이 얇은 게 아니라 거칠고 두껍다. 다행히 내가 어머니의 솜씨를 조금은 닮았는지 그럭저럭 수를 잘 놓았다. 여동생은 나보다 어머니의 솜씨를 그대로 물려받아 꼼꼼히 수를 잘 놓았다.

고등학교 때는 중학교 때보다 큰 작품을 했다. 커다란 식탁보와 액자, 그리고 여섯 폭의 병풍을 만들기 위해 수를 놓았다. 그러고 보니 한 학년에 한 작품씩 한 셈이다. 중학교 때도 그랬지만 고등학교 때도 수예품 재료비가 없어 재료를 구입하지 못하는 친구들이 여럿 있었다. 집안 형편이 어려워 등록금도 몇 번 담임선생님의 독촉을 받고서야 간신히 내는 친구들이 많았다. 그러니 비싼 수예품 재료를 쉽게 구입하기 어려웠을 것이다. 그 친구들은 대신 집에 있는 천 조각을 가져다 그 위에 그림을 그린 뒤 색실만 구입해 수를 놓고 점수를 받곤 했다. 그런 친구들이 많았기에 그 모습이 아무렇지 않았다.

나는 운이 좋아 그런 고생은 안 하고 편하게 하고 싶은 것은 다하며 학창시절을 보냈다. 생각해보면 집안 형편이 어려운 친구들이 오히려 독창성 있는 작품을 만들어내곤 했다.

가정 선생님께서도 어려운 집안 형편을 고려해 차별 없이 점수를 잘 주셨던 것으로 기억된다.

학창시절 내가 만든 수예품 중에 중학교 때 만든 방석과 옷 덮개, 베갯잇이 현재 그대로 남아 있고 고등학교 때 만든 식탁보도 깨끗한 모양새로 남아 있다. 그런데 액자에 들어가 있어야 할 수예품과 병풍에 붙어 있어야 할 수예품이 아직도 제자리를 찾지 못한 채 상자 안에서 잠을 자고 있다. 도자기 밑그림에 수만 놓았지 그들에게 여태 제자리를 찾아주지 못했다. 아마 선생님께서 집안 형편을 고려해 완성품을 요구하지 않으셨을 것이다. 하지만 늘 액자와 병풍을 만들고 싶었다. TV 프로그램 중 〈진품명품〉을 볼 때면 더 그랬다. 숙제를 안 한 느낌이었다.

마침내 수를 놓은 지 45년이 지나서야 액자와 병풍을 만들기 위해 표구사를 찾았다. 비용이 생각보다 비쌌다. 병풍의 크기가 일반 병풍에 비해 크지도 않은데 한 폭에 십만 원이나 했다. 그래도 더 망설이다가는 나의 수예작품이 무용지물이 될 것 같아 큰돈을 들여 여섯 폭 병풍과 액자를 만들기로 했다.

그런데 놀랍게도 내 수예품에 자리한 도자기들이 모두 국보와 보물이었다. 그것도 내가 좋아하는 고려청자였다. 국보 제68호인 〈청자상감운학문매병〉과 국보 제114호인 〈청자상감모란국화문참외모양병〉, 보물 제1451호인 〈청자상감운학국화문병형주전자〉, 보물 제346호인 〈청자상감동채모란문매병〉, 보물 제347호인 〈분청사기상감어문매병〉, 보물 제903호인 〈청자상감매죽학문매병〉 등이었다. 그러고 보니 내가 국보와 보물에 수를 놓은 셈이다. 이 어찌 영광이 아니겠는가.

학창시절에는 뭐가 뭔지도 모르고 도자기의 밑그림에 오색 실로 정성을 다해 수를 놓았을 뿐이다. 최고 점수를 받기 위해 정말 온 정성을 다했다. 도자기에 수를 가득 채워 넣으니 청자가 형형색색의 도자기들로 변신하였다. 비록 비색이 감도는 도자기陶瓷器는 아니지만 내가 놓은 수로 인해 화려하고 예쁜 수자기繡瓷器가 탄생했다. 청자의 구름과 학, 국화와 연꽃, 모란 등에 오색 실로 수를 놓아 화려하게 변신을 시켰다. 다행인 것은 수를 놓았어도 도자기의 몸매가 그대로 드러나 목선이나 허리선은 여전히 예뻤다.

나는 며칠 동안 내 손으로 수를 놓은 국보와 보물 도자기들을 꺼내놓고 자화자찬自畵自讚을 넘어 자아도취自我陶醉에 푹 빠져 살았다. 표구사에 넘기기 전 여섯 폭을 거실에 죽 늘어놓고 감상에 감상을 거듭했다. 그러다가 혼자서만 좋아할 수 없어 사진을 찍어 친구들에게 보냈다. 친구들 역시 병풍을 만든 친구는 없었다. 그중 한 친구는 집안 형편이 어려워 대신 선생님 것에 수를 놓아드리고 점수를 받았다며 아쉬워했다. 그리고 그림 솜씨가 좋았던 한 친구는 집에 있는 천에 그림을 그려 수를 놓았다고 했다. 친구들과 어려웠던 시절의 이야기를 하면서 함께 웃을 수 있음에 고마울 뿐이다.

어찌 되었거나 고려청자는 나로 인해 화려하게 변신하였다. 고려청자의 몸에 내 손으로 수를 놓았기 때문이다. 이제 그 고려청자가 여섯 폭의 병풍과 멋진 액자로 또다시 변신하여 나와 동거를 시작하게 될 것이다.

진품 고려청자는 국립중앙박물관과 간송미술관, 삼성미술관리움 등에 전시되어 있다. 나는 그 도자기 모두를 직접 만나보았다. 그들을 만나는 순간 가슴이 두근거렸다. 사람들이 왜 도자기에 빠져드는지 바로 알 수 있었다. 정말 멋스러웠다. 국보나 보물로 괜히 지정되는 게 아니었다.

이제 며칠 뒤면 나의 서재에 국보와 보물이 담겨 있는 병풍이 펼쳐 있게 될 것이고, 액자가 걸려 있게 될 것이다. 그들과 지내다 보면 가끔 진품 도자기가 보고파질지도 모른다. 아울러 그들을 빚은 도공들이 더없이 고맙게 느껴질 것이다. 내가 정성들여 수를 놓았듯이 고려의 도공들도 정성을 다하여 우리나라의 국보와 보물이 된 도자기들을 빚었을 것이다. 학창시절 내가 이 도자기에 수를 놓을 때 국보와 보물인 줄 알았더라면 더 정성을 들였을지도 모른다. 그래도 보면 볼수록 도자기가 수자기가 되었지만 나에게 이들은 모두 국보다.

국보와 보물에 내가 오색 실로 수를 놓았다는 생각만 해도 어깨가 저절로 으쓱해진다. 그러나 비취빛이 상징인 청자를 오색 실로 가려 고려청자에게 조금은 미안하다. 하지만 청자에게 예쁜 수를 놓아 화려하게 변신하게 해주었으니 어쩌면 나에게 고마워할지도 모른다.

이 수예 작품은 내가 이보다 더 예쁘게 수를 놓을 자신이 없기에 더 없이 소중하다. 어머니의 혼수용품과 더불어 이들 역시 소중한 나의 유산이다. 욕심을 또 내본다. 먼 훗날 이 수예작품을 후손들이 보면서 어머니와 내가 자랑스러웠으면 좋겠다. 그리고 그리워해주면 더 좋겠다.

할머니와
등산

새소리, 물소리, 바람소리가 싱그럽다. 한여름! 자연이 빚어
내는 소리다. 산봉우리마다 하얀 뭉게구름이 쉬어간다. 우리
나라의 명산 중 나는 설악산이 으뜸이라 생각한다. 어느 때
찾아와도 설레게 하는 산이다. 그동안 헤아릴 수 없을 정도
로 설악산을 많이 찾아왔다. 여름 휴가철이 오면 동해안 해
수욕장과 더불어 설악산은 꼭 다녀가야 되는 것처럼 말이다.
휴가철이나 단풍철에는 관광객이 많아 차가 설악동 입구부터
밀려 한참을 도로에 정차한 채 기다려야만 했다.

　이번에는 신록이 자라나 녹음이 짙어진 한여름에 설악

산을 찾았다. 어제 내린 비로 다행히 미세 먼지나 황사는 씻겨 내려 갔는지 하늘이 맑다. 하늘은 파랗고, 그 파란 하늘에 하얀 구름이 두리둥실 떠다닌다. 어느 곳보다 설악산에 오면 옛 추억이 하나하나 되살아난다. 텐트를 치고 야영을 했을 때의 추억이 생생하다. 아이들과 설악산을 찾을 때마다 계곡을 끼고 있는 야영장에 텐트를 쳤다. 야영장에는 발 디딜 틈이 없을 정도로 텐트가 가득 들어찼다. 여기저기서 삼겹살 굽는 연기와 냄새가 설악동에 퍼져나갔다.

보통 설악산에서 2박하고 동해 해수욕장에서 1박을 하곤 했다. 텐트를 칠 때마다 아들아이는 흙과 모래가 묻어 더럽다며 짜증을 내곤 했다. 그리고는 설악산 입구에 멋진 모습을 하고 서있는 호텔을 가리키며 그곳에서 자면 안 되냐고 물었다. 초등학교시절 내내 그랬던 것 같다. 그럴 때마다 숙박료가 비싸 그곳에서 못 잔다는 말 대신, 텐트 치고 자는 게 추억도 쌓이고 재미있는 거라며 핑계를 대곤 했다. 그리고 다음에 그 멋진 호텔에서 꼭 묵자고 약속했다.

하지만 그 약속은 여태 지키지 못하고 있다. 아들아이가 설악산을 찾을 때마다 애원을 해서 그런지 요즘도 설악산을 찾아갈 때면 늘 그 약속이 생각난다. 어느 새 그 아들아이는 30세가 넘어 결혼을 앞두고 있다. 아들아이가 결혼하기 전에는 그 호텔에서 한 번 묵긴 묵어 봐야 할 것 같다. 하루 숙박료가 얼마인지 그 호텔에 문의부터 해보아야겠다.

설악산에 오면 아이들과의 추억뿐 아니라 할머니와 어머니, 여동생, 그리고 친구들과의 추억이 하늘에 떠 있는 뭉게구름처럼 뭉게뭉게 피어오른다. 나는 대학교 진학을 위해 직장에 사표를 낸 뒤 바로 할머니와 설악산 여행을 했다. 할머니께서 설악산 관광을 가시다가 관광버스 사고로 되돌아오신 적이 있어 3박 4일 여행 계획을 세워 버스를 몇 번이나 갈아타면서 설악산을 찾았다. 그때 할머니는 70세가 좀 넘으셨다. 그런데 할머니의 연세는 전혀 생각지 않고 더 늦기 전에 설악산을 보어드리고 싶은 마음만 앞서 여행을 강행했다.

하루에 두 코스씩 등산을 했다. 단풍철이라 지금도 그렇지만 관광객이 인산인해를 이루었다. 그때가 1980년 가을이었다. 요즘처럼 등산화가 잘 만들어져 있을 때도 아니고, 운동화도 흔하지 않을 때였다. 운동화는 주로 학생들이 교복과 함께 신을 때였고, 운동선수들이 운동할 때만 신었을 때였다. 그러니 할머니는 등산화는커녕 운동화를 신었을 리 없다. 아마 할머니는 고무신을 신으셨을 거고, 나는 단화를 신었던 것으로 기억한다. 류시화 시인이 옮겨 쓴 킴벌리 커버거의 《지금 알고 있는 걸 그때도 알았더라면》이라는 시를 내가 좋아할 수밖에 없다. 그 시는 마치 지난 일을 돌아보면 후회투성이인 나를 두고 쓴 시 같아 크게 공감이 간다. 그렇기에 그 시집을 툭하면 사서 사람들에게 선물을 한다. 내가 그러니 남도 그럴 것이라 생각하고 그 시집을 선물하는데 잘 하는 일인지는 모르겠다. 나처럼 후회 많은 사람이 많지 않을까 해서다.

이제 와서 또 후회한들 무슨 소용 있겠는가. 할머니가 돌아가신 지도 어느 새 30년이 넘어간다. 할머니와 나란히 서서 찍은 사진이 동그란 액자에 담겨 친정집 안방에 걸려 있어 그때의 추억을 되새기게 해 줄 뿐이다. 할머니는 머리에 쪽을 찌셨고, 아이보리색 누빔 점퍼에 꽃무늬가 있는 월남치마를 입으셨다. 나는 커트머리였고 빨간 스웨터에 청바지를 입고 있다.

내 나이 60세가 되어서야 더 크게 반성한다. 할머니께 너무 죄송하다. 효도를 한다는 게 고생만 시켜드렸다. 할머니께서 나와 함께 설악산 여행을 다녀오신 뒤 구경은 참 잘 했는데 빨리빨리 걷느라 좀 힘이 드셨다고 어머니께 말씀하셨다는 것이다. 내가 신경을 쓸까 봐 힘들다는 말씀을 못하셨던 모양이다. 20대였던 내 보폭에 맞추느라 힘이 드셨던게 분명하다.

그때는 정말 몰랐다. 지금도 나는 등산은 힘들다며 안 하려 하고 작은 언덕도 헐떡거리며 오르내린다. 그런데 무려 70이 넘은 할머니를 비룡폭포로, 비선대로, 흔들바위로, 케이블카를 이용하긴 했지만 권금성 정상까지 올라갔으니 후회가 되고 또 된다. 할머니는 이상할 정도로 내 뒤를 바짝 따라오셨다. 체구가 작으시고 마르셨던 할머니는 있는 힘을 다해 나의 큰 보폭에 맞추며 따라왔을 것이다.

올여름, 가족들과 많은 추억이 서려 있는 설악산을 다시 찾았다. 설악산 입구에 들어서면서부터 케이블카나 타고 올라갔다 내려와야겠다고 다짐했다. 평소 뒷동산도 오르지 않았고 공원 산책조차 안 했기 때문이다. 운동이라곤 전혀 안 해 등산하는 것이 겁났다. 그런데 갑자기 한 코스라도 오르고 싶은 욕심이 생겼다. 앞으로 점점 나이가 먹어갈 테고, 게으름에 운동을 할 리도 없고, 쉽게 이곳을 찾아온다는 게 어려워질 것 같은 생각이 들었기 때문이다. 기회가 자주 주어지는 게 아님을 너무도 잘 아는 터이기도 하여 용기를 냈다.

케이블카를 타고 올라가 권금성 정상까지 올라갔다가 내려와 비룡폭포 쪽을 향해 걸었다. 생각해보니 할머니와 왔을 때도, 어머니와 여동생과 왔을 때도 이 코스를 선택해 올랐던 기억이 떠오른다. 어머니도 할머니와 마찬가지로 70이 훨씬 넘었을 때 이곳을 함께 올랐다. 그때도 내가 이곳에 가고 싶어 하는 모습이 역력한 것을 눈치채신 어머니가 따라오셨다. 가족 중 누구도 나와 동행할 기미가 보이지 않았기 때문이다. 어머니는 힘든 몸을 이끌고 내 욕심 때문에 함께 비룡폭포까지 올라갔다 내려오셨다. 나의 무지가 할머니에 이어 어머니까지 힘들게 했다.

할머니와 함께 올랐을 때보다 어머니와 함께 올랐을 때보다 더 많이 쉬면서 비룡폭포까지 간신히 올라갔다. 비룡폭포가 보이는 순간 가슴이 절로 뛰었다. 가뭄이 계속되어 어젯밤 내린 비로는 어림없었다. 폭포의 물줄기가 시원스럽지가 않았다. 그래도 돌아가신 할머니를 만난 듯 기쁘고 반가웠다. 비룡폭포 앞에서 한참동안 할머니와 어머니를 생각하며 앉아 있다가 내려왔다. 파란 하늘도 하얀 뭉게구름도 청량한 바람도 잽싸게 나무 위를 오르내리는 다람쥐들도 조금은 지쳐있는 나에게 응원의 박수를 보내준다. 그들은 언제 만나도 고마운 나의 친구들이다.

덕수궁을
내려다보며

덕수궁을 송두리째 선물해주신 수필가 선생님을 만나는 날이
다. 언제 만나도 반가운 분으로 내가 존경하는 수필 문단의
대모大母이시다. 겸손이 무엇인지, 배려가 무엇인지 행동으로
가르쳐주고 계신 인생의 이정표 같은 분이시다. 내 인생에
이런 훌륭한 분을 만난다는 것은 행운 중의 행운이다. 오늘
따라 발걸음은 더 경쾌하고 가슴은 더 설렌다. 늘 만났던 그
장소에서 뵙기로 하여 엘리베이터를 타고 19층에서 내렸다.
이곳에 있는 식당에서 점심 약속을 했기 때문이다.

　이 건물은 오래 전부터 나와 인연이 깊은 곳이다. 내가

결혼 후 두 살 된 딸아이를 안고 처음 찾아왔던 곳이다. 그때는 최고층인 20층을 찾았다. 법률 강좌를 듣기 위해서였다. 무식이 용감했다고 해야 할 것 같다. 강당에 들어가 보니 아기를 안고 온 주부는 한 명도 없었고, 여성도 별로 눈에 띄지 않았다. 그런데도 자리에 앉아 강의를 끝까지 들었다. 개정된 가족법에 관한 강좌였던 것으로 기억된다.

강좌가 진행된 두 시간 동안 딸아이는 내내 잠을 잤다. 지금 같으면 가지 않았을 것이다. 참석자 대부분이 검은색 아니면 감색 양복에 넥타이를 맨 남성들이었다. 아마 법조계에 종사하는 사람들 같았다. 나에게 어디서 그런 용기가 났는지 모르겠다. 그 당시 나는 만학으로 대학교에 입학하여 법학과 3학년에 재학 중이었다. 그래도 너무했다는 생각이 세월이 가면 갈수록 더 든다.

그 후 10년 뒤쯤 또 이곳을 찾았다. 그때도 무식을 탈피하지 못했으니 용감할 수밖에 없었다. 내가 아직 작가가 되기 전이었다. 한 친구를 설득해 국제펜클럽한국본부가 주최한 국내외 대문호들이 참석하는 문학심포지엄이 열릴 때였다. 그때도 20층의 국제회의장에서 열렸다. 일간지에 보도된 기사를 보고 전화를 걸어 작가는 아닌데 참석하면 안 되냐고 했더니 괜찮다고 했다. 그때 무슨 횡재라도 한 듯 무척이나 기뻤다. 그러나 이곳에 도착함과 동시에 내가 참석할 자리가 아님을 깨달았다. 회의장에는 하나같이 머리에 헤드폰을 얹은 국내외 작가들이 가득 들어차 있었다. 처음 이곳에 딸아이를 안고 찾았을 때와 달리 나는 얼른 행사 자료집만 받아들고 방명록에 서명을 하려다가 친구의 손을 잡아끌고 이곳을 빠져나왔다. 책의 프로필을 통해 보았던 박완서 선생님을 비롯하여 지금도 현존하고 계신 그야말로 베스트셀러 작가들이 포진하여 서로 악수를 권하고 있었기 때문이었다. 그보다 기계치인 내가 통역기를 사용해보지 않아 두려움이 엄습해 온 것도 이유였을 것이다. 이미 내 얼굴은 벌겋게 달아올랐다.

　친구에게 미안했지만 그의 손을 끌고 무슨 도둑질이라도 한 듯 서둘러 그곳을 빠져나왔다. 그리고는 건너편에 있는 덕수궁으로 발길을 옮겼다. 그때가 마침 만추였다. 그러니 덕수궁은 노랗게 물든 은행나무로 더없이 아름다웠다. 마침 덕수궁 미술관에서는 해외 작가 특별전을 하고 있었다. 아쉬우나마 그림 전시라도 봐야겠다 싶어 미술관으로 향했다.

　그리고 2010년 피천득 선생님(1910~2007)) 탄생 100주년 기념식이 열리는 이곳을 또다시 찾았다. 다행히 그때는 자격이 있었다. 내가 수필가로 등단한 지 15년이 넘었으니 그렇다. 국민 수필가 피천득 선생님 탄생 100주년, 타계 3주기를 맞아 기념 세미나 등이 이곳에서 열렸다. 그때 문단과 학계는 피천득 선생님의 삶과 문학을 되짚어보는 시간을 가졌다. 그 날은 누구의 눈치도 볼 일이 없었다. 그동안 내가 존경했고, 강의를 들은 적도 있고, 함께 사진도 찍은 경험까지 있으니 후배 수필가로서 그 자리에 참석할 자격이 있다고 생각했다. 기념 세미나가 그때도 20층 국제회의장에서 열렸다. 세미나가 열리는 동안 예전 생각이 나 혼자 미소를 지었지만 가슴은 설레었다.

그 후 오늘 만나는 내가 존경하는 선생님으로 인해 몇 번 더 이곳을 찾게 되었다. 생각할수록 이 건물과 나는 인연이 깊은가 보다. 넥타이 부대가 많아서인지 아직도 로비 층에 들어서는 순간부터 긴장이 되고, 엘리베이터를 탄 뒤에도 긴장은 계속 되었다. 언론인들이 주로 드나드는 빌딩이라 더 그런지도 모른다. 백화점이나 재래시장을 찾아갈 때의 편안함은 내 몸 어디에서도 찾을 수 없었다. 19층에 내려 식당을 두리번거렸다. 다행히 선생님께서 아직 와 계시지 않았다.

약속 장소가 이곳으로 정해지면 나는 약속 시간보다 좀 일찍 온다. 이곳에서 내려다보이는 풍경이 너무 아름다워서다. 호텔이나 콘도도 전망이 좋은 곳은 웃돈을 받는 경우가 많다. 몇 년 전 부산 해운대에 갔을 때 만 원을 더 주면 바다가 보이는 전망 좋은 방을 준다 하여 두 말 않고 만 원을 건네고 전망 좋은 방에서 이틀을 묵은 적이 있다. 지금도 그 방에서의 전망이 떠오를 때면 가슴이 마구 뛴다. 마주 보이는 오륙도, 쉼 없이 펼치는 갈매기들의 군무, 오색찬란한 광안대교의 불빛들을 잊을 수가 없다.

오늘 만남의 장소도 전망 좋은 곳이다. 이번에도 창가 쪽에 예약을 해놓으셨다. 지난번엔 덕수궁이 내려다보이는 창가 쪽이었는데 이번엔 숭례문이 마주 보이는 곳에 자리를 잡아 놓으셨다. 까마득한 후배에 대한 선생님의 따뜻한 배려가 느껴진다. 언젠가 세월이 흐른 뒤 내가 나이가 들면 후배들에게 어떻게 행동해야 하는지를 몸소 가르쳐주시는 고마운 선생님이시다. 선생님의 눈빛에서, 선생님의 행동에서 겸손과 배려를 배우게 된다.

몇 해 전, 한 무모한 사람에 의해 불에 타버렸던 우리나라 국보 제1호인 숭례문이 크나큰 아픔을 겪고 다시 새로운 모습으로 복원되었다. 마주 내려다보이는 숭례문이 한층 의연해 보인다. 고층 빌딩 숲속에서 자신을 내려다보는 나를 올려다보고 있다. 숭례문도 많이 반갑고, 덕수궁 또한 많이 반갑다. 하지만 언제 만나도 반가운 수필 문단의 대모이신

선생님을 만난 것만 하랴. 오늘의 점심 메뉴도 메로 매운탕이다. 덕수궁이 한눈에 내려다보이는 전망 좋은 이 식당에서 만날 때마다 점심을 사주시고, 선물까지 주시는 고마운 선생님이시다. 어느 선물보다 큰 선물은 내가 좋아하는 덕수궁을 송두리째 안겨주신 것이다.

주인에게
되돌려주다

인왕산 정상에 올라보면 조선의 5대 궁궐이 한눈에 모두 들어온다. 그 궁궐들은 동쪽에 낙산(낙타산), 서쪽에 인왕산, 남쪽에 남산(목멱산), 북쪽에 북악산(백악산) 등 네 개의 내사산으로 둘러싸여 있다. 날씨가 화창한 날은 5대 궁궐은 물론 종묘까지 시야에 들어온다.

그동안 내사산 중 낙산과 남산, 인왕산은 여러 번 올랐다. 그런데 청와대 뒷산인 북악산(백악산)만 아직 올라보지 못했다. 이 산은 몇 년 전만 해도 통제하여 오를 수 없었다. 지금은 개방하여 신분증만 있으면 오를 수 있다.

내사산 중 외국인이 가장 많이 찾는 남산보다 나는 오히려 인왕산을 많이 올랐다. 신혼살림을 인왕산 바로 아래 동네에서 시작하여 그런지도 모른다.

1980년대 내가 그곳에 살았을 때는 인왕산에 마음대로 오를 수 없었다. 인왕산의 약수터조차 제한된 시간에 감시를 받으며 이용해야만 했다. 인왕산과 바로 붙어 있었던 6층 아파트였는데 아파트 옥상에도 올라갈 수 없었다. 청와대가 그대로 내려다보이는 곳으로 경비가 삼엄했다.

그곳에 있었던 아파트는 서울시에서 인왕산을 훼손하고 지은 시범아파트였다. 모두 9개동으로 308세대가 인왕산의 수성동 계곡을 빼앗아 살았다. 다행히 지금은 철거 이주하여 그 자리를 원래의 주인인 수성동 계곡에게 돌려주었다.

1971년에 준공된 이 아파트는 인왕산의 수성동 계곡을 점령한 채 우뚝 서 있었다. 내가 그곳에서 신혼살림을 시작한 탓인지 그곳을 떠나왔어도 늘 그곳이 그리웠다. 그랬기에 여러 번 찾아갔다. 그곳이 수성동 계곡으로 완전히 복원된 뒤에는 경치가 아름다워 더 자주 찾아갔다. 그곳에서 태어난 딸아이가 어느새 36세가 되었고, 아기 엄마가 되었다.

사실 그곳에 살 때는 산속 깊은 골짜기에 어떻게 아파트를 지었을지 궁금하기만 했다. 그곳이 수성동 계곡을 깔아뭉

개고 지은 아파트인 줄 전혀 알지 못했다. 아름다운 계곡을 콘크리트로 뒤덮은 뒤 아파트를 건설해 놓았으리라 생각조차 하지 못 했다. 그 계곡을 아파트가 뒤덮고 있었으니 콸콸 쏟아져 내려가는 물소리조차 듣기 어려웠다.

그곳은 이제 옛 주인인 수성동 계곡이 차지하게 되었다. 겸재 정선의 그림을 토대로 복원을 마쳤기 때문이다. 그림에도 나와 있는 기린교도 얼굴을 내밀고 관람객을 맞고 있다. 40년 동안 자취를 감추었던 계곡이 부활한 것이다.

계곡에 다시 자리를 내주면서 키 큰 소나무를 비롯하여 18,477그루의 산사나무, 화살나무, 자귀나무 등을 심어놓아 머지않아 숲도 우거질 것이다. 복원된 수성동 계곡에는 물도 세차게 흐르고 있다. 그 흐르는 물을 눈으로 직접 볼 수 있고, 소리로 들을 수도 있다. 이 물이 청계천으로 흘러가 많은 사람들을 만나게 된다. 청계천의 발원지가 바로 수성동 계곡이다.

수성동 계곡이 옛 모습을 되찾을 수 있었던 것은 겸재 정선의 공이 컸다. 조선 후기 진경산수화의 대가인 겸재 정선(1676~1759)의 작품을 보고 그대로 복원했기 때문이다. 그는 인왕산 일대와 북악산(백악산) 일대의 명소 8곳을 선정하여 '장동팔경첩'에 그림을 남겨놓았다. 그중 〈수성동水聲洞〉이란 작품이 수성동 계곡을 부활시키는 데 일등공신 역할을 한 것이다. 그 외에 '장동팔경첩'에는 〈취미대〉, 〈대운암〉, 〈독락정〉, 〈청송담〉, 〈창의문〉, 〈필운대〉, 〈청휘각〉 등이 그려져 있다.

겸재 정선은 북악산과 인왕산 자락에서 80평생을 지냈다. 그가 1751년(영조 27년)에 그의 60년 지기 절친 이병연(1671~1751)의 쾌유를 빌면서 그린 걸작 〈인왕제색도〉를 비롯하여 인왕산을 많이 그린 이유이기도 하다. 〈인왕제색도〉는 겸재 정선이 76세에 완성한 대작으로 정독도서관(옛 경기고등학교)에서 인왕산을 바라보며 그린 그림이다. 정독도서관에서 인왕산을 바라보면 그 그림의 각도를 찾아낼 수 있다.

하지만 오늘날 그 자리에는 안내 표지판이 세워져 있고 산천은 의구하지만 건물들이 인왕산을 가리고 있어 그 멋진 풍경을 제대로 감상할 수 없다. 겸재 정선과 인왕산 자락에서 태어나 친구로 지냈던 이병연은 안타깝게도 〈인왕제색도〉가 완성된 나흘 후 세상을 떠나고 말았다. 그의 그림에 답 시를 남기지 못한 채……

겸재 정선은 인왕산 바로 옆 북안산(백악산) 아래 경복고등학교 자리에서 태어나 살았다. 그가 인왕산과 북악산을 사랑한 이유가 거기에 있다. 그 두 산이 바라보이는 곳에 살면서 그는 그곳을 무대로 많은 그림을 그려 남겨 놓았다. 그의 그림이 많이 남아 있는 것도 행운이다. 그의 그림을 토대로 인왕산의 수성동 계곡을 복원할 수 있었으니 이보다 기쁜 일이 또 어디 있겠는가. 그렇게 아름다운 계곡을 시멘트로 뒤덮어 아파트를 지어 놓았으니 얼마나 답답했을지 상상이 안 된다. 이제라도 원래 주인에게 자리를 돌려주었으니 그나마 다행이다.

내가 신혼살림을 시작했던 아파트가 큰 죄인이다. 현재 그 죄인은 사라져버렸다. 죄인들이 살았던 그 자리에는 계곡 물이 힘차게 흐르고 있을 뿐이다.

하지만 죄인들의 흔적은 아주 조금 남겨놓았다. 자연을 무시한 '옥인시범아파트'의 콘크리트 벽과 골조물 일부분이 그 자리에 남았다. 먼 훗날 후손들이 이곳에서 무슨 일이 있었는지 알고 다시는 그런 일을 만들지 말라는 의미로 받아들이고 싶다.

수성동 계곡은 언제 찾아가도 고향을 찾아간 듯 편안하다. 햇수로 3년 정도밖에 안 살았는데 늘 그곳이 그립다. 신혼의 꿈을 키웠기에 더 그런가 보다. 인왕산이 아파트와 맞닿아 있어 창문을 열면 청설모와 다람쥐가 수시로 오르내리며 신혼 방을 들여다보고 있었다. 자연의 사계 속에서 그들과 기분 좋게 함께 살았다. 생각해보면 아파트 주민들이 그냥 인왕산 식구가 되어 함께 살았던 것 같다. 나 역시 계곡의 물소리는 시원하게 듣지 못했어도 새소리, 풀벌레 소리와 함께하며 행복한 생활을 했다. 무엇보다 청량한 바람은 큰 숨을 들이쉬고 내쉬기에 충분했다.

지금은 이곳에서 숨죽이며 흐르던 물이 주인이 되어 콸콸 흐르고, 나무들이 기지개를 활짝 펴고 우거진 숲을 만들어가고 있다. 온갖 산새들이 날아와 지저귀고, 계절마다 야생화도 지천으로 피고 진다. 도심 속에 이런 곳이 있다는 것은 정말 복이다. 내가 살았을 때도 느꼈지만 깊은 산속 어느 고즈넉한 산사에 들어와 있는 듯하다. 산책길까지 잘 조성되어 있어 마음이 복잡할 때 찾아가 거닐면 복잡한 마음은 이내 평화로워진다. 나는 이곳을 찾아 마음을 달랠 때가 많다. 그러니 내가 수성동 계곡을 어찌 사랑하지 않겠는가.

꽃도 나무도
고향을 떠나
산다

다문화 가족이 점점 늘어나고 있다. 도시와 농촌 어디에서도 다문화 가족을 쉽게 만날 수 있다. 2018년 현재 이주 결혼자가 30만 명이나 되고, 그 가족을 포함하면 70만~80만 명가량이 된다고 한다. 앞으로 2050년쯤 되면 다문화 가족이 200만 명이 넘을 것이라고 한다. 국제결혼을 하는 사람들이 늘어나고 있기 때문이다.

그들은 우리 문화를 익히는 데 많은 시간이 필요할 것이다. 동남아뿐 아니라 세계 곳곳의 사람들이 결혼으로 인해 우리나라에 들어와 살고 있다.

정부나 지방자치단체에서도 그들이 우리 문화에 익숙해 지도록 돕기 위해 다양한 교육을 실시하고 있다. 먼저 우리 글과 우리말, 우리 음식 등 우리 문화를 익히도록 돕고 있다. 우리말 대회는 물론 노래자랑과 백일장까지 연다. 그들이 쓴 글을 심사한 적이 있는데 그들도 우리와 별반 다를 게 없었 다. 고향을 떠나왔으니 고향산천을 그리워하는 글이 많았고, 부모형제를 떠나왔으니 그들을 그리워하는 글이 당연히 많았 다. 그중 어머니를 그리워하며 쓴 글이 가장 많았다. 그들의 글을 심사하면서 가슴이 뭉클해지고 마음이 아팠다. 그러나 그들이 언젠가는 우리나라에서 꽃과 나무들처럼 서로 더불어 살게 될 것이란 생각이 들었다.

딸아이가 대학교와 대학원에서 영문학과 국제관계에 대 한 공부를 했다. 재학 중에 해외에 나가 어학연수를 하고, 아 프리카로 해외 봉사도 다녀왔다. 그런 딸아이여서 나는 혹시 외국인과 결혼하지 않을까 싶었다. 딸아이의 친구들 몇몇이 그랬기 때문이다. 직장도 미국과 영국의 언론사에서 3년 정 도 근무했고, 그 후에도 계속 국제 관계에 관련한 일을 하여 그럴 가능성이 높아 보였다. 딸아이의 친구들도 딸아이가 외 국인과 결혼할 가능성이 가장 높다고 했다. 그러나 딸아이는 우리나라 순수 혈통인 한국 남자와 만나 많은 사람들의 축복 속에 결혼하여 알콩달콩 재밌게 잘 살고 있다.

국제화 시대에 살고 있어서일까? 우리 집안에는 다문화 가족이 없지만 그들을 만날 때면 어색함 없이 그냥 자연스럽게 대하게 된다. 다문화 가족이 급속도로 많아진 때문일지도 모른다. 그들도 우리나라에 들어와 살고 있는 꽃과 나무들처럼 자연스럽게 어우러져 살아가길 바랄뿐이다.

우리나라에서 아무렇지 않게 살고 있는 나무와 꽃들이 예상보다 원산지가 해외인 경우가 많다. 화원에 가보면 대부분 외래종 꽃들이다. 꽃들의 이름을 제대로 외울 수조차 없다. 하지만 그들은 사람들보다 훨씬 더 먼저 다문화에 익숙해 있다. 대공원이나 수목원 등에 가보면 쉽게 확인할 수 있다. 배척하거나 따돌리지 않고 서로 잘 어우러져 아름다운 꽃밭과 숲을 만들며 살아가고 있다.

우리 집 베란다에 살고 있는 식물들을 살펴봐도 모두 원산지가 우리나라가 아니다. 풍란도 동양란도 서양란도 그렇고 제라늄, 행운목, 산세베리아에서 군자란에 이르기까지 알고 보니 토종 꽃나무가 아니다. 그러나 나와 함께 지낸지 오래되어 그런지 정이 가고 낯설지 않다.

내가 어렸을 때 고향집 꽃밭에도 거의 다 원산지가 다른 나라인 외래종 꽃들이 심어져 있었다. 우리나라 토종꽃인 줄 알았던 봉숭아, 분꽃, 채송화, 접시꽃, 나팔꽃, 과꽃, 국화, 한련화, 백합 등의 원산지도 우리나라가 아니었다. 칸나, 글라디올러스, 달리아, 사루비아, 히아신스, 코스모스 등은 당연히 우리나라가 고향이 아닐 거라고 생각했지만 우리말로 된 봉숭아, 채송화 등이 토종이 아니라는 데 놀라지 않을 수 없었다. 그들은 고향집의 넓은 꽃밭에서 어색함 없이 우리 꽃으로 사랑받으며 오랫동안 살아왔다. 칸나, 글라디올러스, 달리아, 히아신스 등의 구군은 겨울이 오기 전 무와 배추를 땅속에 묻을 때 항상 같이 묻었다. 그리고는 이듬해 봄이 오면 꺼내어 다시 꽃밭에 정성껏 심곤 했다. 할머니께서 꽃을 좋아하셔서 고향집 꽃밭에는 항상 예쁜 꽃들이 방긋방긋 웃으며 피어났다. 요즘은 할머니에 이어 어머니께서 고향집 꽃밭을 예쁘게 가꾸신다.

꽃들 뿐 아니라 내 주변에 있는 나무들도 외래종이 많다. 가로수로 많이 심어져 있는 플라타너스, 메타세쿼이아도 그렇고 내가 좋아하는 자작나무와 루브라참나무, 튤립나무, 마로니에, 라일락, 배롱나무 등등 이름만 들어도 외래종임을 알 수 있는 나무들이 수두룩하다. 그러고 보니 사람들보다 꽃과 나무들이 훨씬 더 일찍 우리나라에 들어와 우리와 한데 어우러져 살아온 것으로 보인다.

꽃과 나무들뿐 아니라 동물들도 외래종이 들어와 우리와 한데 어우러져 살아온 지도 오래 되었다. 토끼, 돼지, 사슴, 젖소 등의 가축은 물론 동물원에 갇혀 살고 있는 수많은 동물들과 다양한 조류들도 마찬가지다. 더운 아프리카에서 들여온 동물들과 추운 시베리아 등지에서 들여온 동물들도 관람객과 서로 조우하면서 새끼도 낳고 잘 살아간다.

꽃과 나무, 동물들 모두 모두 낯선 나라에 들어와 나름대로 잘 적응하고 살아간다. 그런데 사람들이 가장 적응이 어려운 듯하다. 현재 국제화 시대에 걸맞게 우리나라뿐 아니라 세계 곳곳에 다문화 가정이 빠른 속도로 늘어나고 있다. 그들이 대공원이나 수목원 등에서 잘 살고 있는 꽃이나 나무들처럼 한데 어우러져 아름다운 세상을 만들어갔으면 좋겠다. 다행히 행복하게 살아가고 있는 다문화 가정이 점점 늘어나고 있기는 하다.

얼마 전 베트남과 라오스에서 시집온 다문화 가정을 방문한 적이 있다. 생활은 넉넉해 보이지 않았다. 하지만 얼굴에는 웃음꽃이 활짝 피었다. 세 명이 모여 자주 점심을 함께 해먹는다고 한다. 그들은 모두 동남아시아에서 우리나라로 시집온 여성들이었다. 그들이 만들어준 닭요리가 일품이었다. 처음 동남아로 여행을 갔을 때 향신료 때문에 여행 내내 밥을 제대로 먹을 수 없었는데 특이한 게 맛있었다. 어느 새 향신료에 대한 거부 반응이 없어졌다. 세월이 약이다. 우리나라로 시집와서 아이들 낳고 잘 살고 있는 이 세 명의 이주 여성들도 그들 끼리 만이 아닌 우리나라 여성들과도 잘 어울릴 날이 오리라 본다.

아무쪼록 다문화 가족들이 우리와 잘 어우러져 우리나라에서 살아가는데 어색함이 없었으면 좋겠다. 다른 나라가 원산지인지 모를 정도로 잘 살아가고 있는 꽃과 나무들처럼 그들도 그랬으면 좋겠다. 조금씩 이해하면서 살아가다 보면 서로가 자연스럽게 어울리게 될 것이다. 원산지가 우리나라가 아닌 외래종 꽃과 나무들이 우리나라의 토종처럼 잘 살아가고 있듯이 다문화 가족들도 그렇게 되리라고 본다.

얼마 전 만난 다문화 가정 이주 여성들의 해맑은 미소가 자꾸 떠오른다. 세 명의 이주 여성 중 한 명의 배가 남산만 했는데 순산을 했는지도 궁금하다. 다시 찾아가 그들과 함께 하는 시간을 가져봐야겠다. 이미 그들은 우리나라 사람이 아닌가.

봄을
여는
버드나무

얼음장 밑으로 시냇물이 졸졸졸 흐르기 시작하면 축 늘어진 버드나무 가지에 물이 오르고, 봄꽃들이 앞다투어 피기 위해 경쟁이 치열하다. 동백이 지기 무섭게, 아니 지기도 전에 매화와 산수유가 흐드러지게 피어난다. 이 순간을 놓칠 세라 여기저기에서 그들의 이름을 빌려 축제를 열고 상춘객을 불러 모은다. 그들이 허락을 했는지는 알 수 없다.

봄꽃 축제가 열리기 시작하면 개나리와 진달래도 그들에게 질세라 전국 방방곡곡에서 뭉게뭉게 피어난다. 신기한 것은 진달래는 산을 내려와 피는 경우가 없고, 개나리는 산을 올라가 피는 경우가 없다. 언제부터인가 그들 나름대로 영역을 정해 놓고 서로를 격려하며 질서 있게 피고 지기로 했나 보다. 그들끼리 무언의 약속을 한 모양이다. 그래서일까? 산에 개나리꽃이 피고, 들에 진달래꽃이 피어 있으면 왠지 왕따가 된 것 같아 예뻐 보이지 않는다.

민들레와 제비꽃도 그들 나름대로 질서가 있다. 그들은 꽃밭의 주인이 되지는 못한다. 그래선지 꽃밭의 주인 노릇을 하는 꽃들이 피기 전에 잽싸게 꽃밭을 차지한다. 그리고는 노란 꽃을 피워놓고 방긋 웃고, 연보라 꽃을 피워놓고 빙그레 웃는다. 그 모습이 너무 예뻐 나도 그들처럼 앉은뱅이가 되어 그들과 눈맞춤을 길게 한다. 그들에게 꽃밭이 부여되지 않은 것을 원망하지 않고 틈새를 이용해 꽃을 피운다. 하지만 어디에 피어도 그들은 예쁘다.

벗꽃보다 목련꽃보다 라일락꽃보다 철쭉꽃보다도 일찍 봄을 알려주는 민들레와 제비꽃들이 고맙다. 꽃샘추위도 아랑곳하지 않고, 황사나 미세먼지도 아랑곳하지 않고, 봄을 기다리는 많은 사람들의 마음을 설레게 해주니 그렇다. 봄을 맞이하여 그들이 일찍 꽃을 피울 수 있었음은 겨울에 추위와 맞서 싸웠기 때문이다. 이 세상 어디에도 고통 없이 피는 꽃은 없다. 그래서 그 꽃들이 더 아름답게 보이고 사랑을 더 받게 되나 보다.

민들레꽃과 제비꽃이 피고 질 무렵이면 조금은 여유를 부렸던 벚꽃과 목련, 라일락, 철쭉 등등 여기저기서 봄꽃들이 하나둘 피어난다. 산에서는 산 벚꽃, 산 목련이 피어나고 들에서는 조팝나무꽃이 눈이 내린 듯 하얗게 피어난다. 그 뒤를 이어 찔레꽃도 하얗게 무더기로 피어난다. 그리고 눈에 띄지 않고 수수하게 꽃을 피우는 나무들이 산과 들을 신록으로 가득가득 채워나간다. 그러는 사이 아까시나무, 때죽나무, 이팝나무, 오동나무, 마로니에나무 등에도 꽃이 핀다. 찔레꽃과 이웃으로 살아가는 하얀 마타리도 노오란 애기똥풀도 하얗게, 노랗게 피어난다.

나는 봄을 일찍 여는 민들레꽃과 제비꽃을 좋아한다. 또한 그 꽃들 이상으로 버드나무를 좋아한다. 그야말로 버드나무는 봄을 일등으로 여는 나무다. 봄이 오면 언제나 봄을 제일 먼저 여는 버드나무를 만나러 경복궁의 경회루 연못가나 서울대공원의 호숫가를 찾아간다. 그들을 만나보지 않고 봄을 맞이한 적은 별로 없다. 중국이 고향이라는 축축 늘어진 수양버들이면 어떻고, 우리나라가 고향이라는 능수버들이면 어떠한가. 그들의 모습에 가슴이 설레면 그만 아닌가. 버드나무가 잎싹을 막 틔울 때의 아름다움은 그 무엇과도 비교가 안 된다. 버드나무 가지가 땅에 닿을락 말락 늘어진 사이로 보이는 경회루는 어느 모습보다 아름답다. 가슴을 콩닥거리게 하는 일등 공신이다. 수줍은 듯 얼굴을 내미는 아리따운 여인의 모습이다. 그 여인은 분칠을 하지 않은 수수한 얼굴을 하고 있다. 하지만 싱그러움이 묻어 있다. 바로 버드나무에 봄기운이 완연하게 스며들어 있어서다.

경복궁의 경회루 연못가 말고도 버드나무는 많다. 조선 시대 때 경복궁에 천 그루 정도 심어져 있었다는 기록도 있다. 그 정도로 버드나무는 인기가 있었다. 내가 시골에 살았을 때도 동네에는 버드나무가 여기저기에 있었다. 그 가지를 꺾어 피리를 만들어 "삑삑" 불면서 놀곤 했다. 그런데 미루나무와 함께 고향의 버드나무도 추억 속에만 있을 뿐 옛 나무가 되어 버렸다.

경복궁 높은 담 안쪽으로 동십자각과 가까운 곳에 은행나무와 버드나무 한 그루가 있었다. 봄이 오면 그 나무를 만나는 게 행복했다. 그런데 어느 봄날 가 보니 흔적도 없이 사라져 버렸다. 버드나무의 아름다움을 모르는 몰지각한 사람의 행동으로 보인다. 단풍이 아름다운 은행나무와 달리 버드나무는 단풍은 아니다. 대신 초겨울에도 잎을 그대로 싱싱하게 달고 있어 삭막함을 덜어준다. 싱그럽게 봄을 열어주는 최고의 나무인데 단풍까지 바라는 것은 욕심이다.

　버드나무는 덕을 지니고 있다. 그래서 선비들이 좋아하고 옛 그림이나 도자기에도 버드나무를 운치 있게 그려 넣었다. 옛 그림에 버드나무가 자주 등장하는데 그림을 한층 돋보이게 하기 때문이다. 국보 제113호인 고려청자 〈철화버드나무 무늬 병〉에도 버드나무가 그려져 있다. 그릇에 버드나무가 그려져 있으니 특색 있고 더 멋져 보였다. 그릇에는 주로 꽃이 그려져 있기 때문이다.

　며칠 전에 경복궁 경회루 연못가의 버드나무를 만나고 돌아왔다. 엷은 연둣빛이 감도는 수양버들 옆에 수양벚꽃도 꽃봉오리를 열심히 부풀리고 있었다. 궁궐도 아름다워 자주 찾아가지만 나는 궁궐과 함께 살고 있는 고목들도 아름다워 찾아간다. 누가 물으면 봄에는 고목들 중 버드나무가 최고라고 말한다. 그러니 봄이 오면 버드나무를 찾아 나서지 않을 수 없다.

　이번 주말에는 서울대공원 호숫가에 가지를 축축 늘어트리고 봄을 만들어내고 있을 버드나무를 만나보리라. 그들이 추위를 씩씩하게 이겨내고 만들어내는 봄을 마중하고 고마움도 전하리라.

소나무도
꽃을
피운다

여름에 소나무만큼 싱그러움을 뽐내는 나무는 없다. 소나무가 상록수로 사계절 내내 푸르다는 것은 누구나 다 아는 사실이다. 하지만 소나무도 변신에 변신을 거듭한다. 낙엽수들처럼 봄에 잎을 틔우고, 가을에 단풍을 들였다가 모두 낙엽이 되지 않아 변신하고 있음을 잘 알지 못할 뿐이다. 늘 푸름을 간직하고 있어 변신하는 모습이 눈에 잘 띄지 않는 것이 원인이면 원인이다.

꽃도 자세히 오랫동안 보아야 더 예쁘듯 나무도 마찬가지다. 보면 볼수록 더 사랑스러운 게 나무다.

소나무는 어느 계절보다 여름이 가장 아름답다. 물론 겨울 소나무도 아름답지만 여름 소나무가 더 아름답다. 나는 여름 소나무를 만나기 위해 올해는 강원도 삼척으로 떠났다. 봉화·울진·삼척의 금강송! 생각만 해도 가슴 설렌다.

그곳 말고도 아름다운 소나무 숲은 너무나 많다. 안면도 가는 길과 개심사 올라가는 길, 소수서원 들어가는 길의 소나무 숲도 아름답다. 강릉의 선교장, 단종의 유배지인 청령포의 소나무 숲도 아름답다. 그뿐 아니라 금강산 여행 때 만났던 삼일포 가는 길의 금강송 역시 잊지 못한다.

봄이 되면 온 산에 나무들이 수런거린다. 새잎을 틔우고 꽃을 피우기 위해서다. 그런데 소나무만은 예외다. 다른 나무들이 봄 동산을 희망으로 만들어내고 있지만 아랑곳하지 않는다. 묵묵부답, 겨울 옷 그대로 입고 새봄을 맞는다. 어디에서 봐도 소나무는 눈에 띈다. 화사한 봄 색깔이 아닌 칙칙한 겨울색을 띠고 있기 때문이다.

나무들은 봄이 오면 제각각 새 옷으로 갈아입고 자신을 마음껏 뽐낸다. 다양한 나무들이 다양한 디자인의 옷들을 스스로 해 입는다. 서로 같은 디자인의 옷을 해 입는 나무들끼리 모여 사는 경우도 많지만 독특함을 뽐내려는 듯 홀로 개성이 넘치는 자신만의 옷을 해 입는 나무들도 있다.

사람들도 그렇지만 나무도 같은 종끼리 모여 사는 경우가 많다. 나무들은 대부분 해마다 봄이 오면 잎과 꽃으로 확실한 이름표를 단다. 잎도 잎이지만 꽃을 보면 그 나무의 이름을 멀리서도 알 수 있다. 그러나 소나무는 사시사철 잎을 달고 있어 굳이 낙엽수들처럼 봄마다 새로 이름표를 만들어 달 필요가 없다. 봄을 맞아 신록이 아무리 수런거려도 칙칙한 겨울 옷 그대로 입고 봄을 보내는 소나무니 그렇다.

　　낙엽수와 달리 상록수인 소나무는 봄에 싹을 틔우지 않는다. 그리고 가을에 모두 낙엽이 되지도 않는다. 나무들이 자신을 뽐낼 수 있는 봄과 가을을 다른 나무들에게 양보한다. 겨우내 맨몸으로 엄동설한을 보낸 낙엽수임을 알기에 그들에게 봄과 가을을 양보하는 모양이다. 그 낙엽수들이 신록으로 온몸을 치장하고 봄 햇살과 충분히 놀고 난 뒤에야 새잎을 틔우기 시작하는 소나무다. 봄이 왔는데도 묵은 잎을 그대로 달고 있어 다른 나무들이 더 빛나 보이는 게 사실이다.

　　소나무가 봄에 새잎은 틔우지 않아도 꽃을 피우지 않는 것은 아니다. 봄을 화사하게 색칠해내는 매화, 산수유, 진달래, 개나리, 라일락, 벚나무들과 달리 눈에 띄지 않는 색의 꽃을 늦은 봄이 되어서야 피운다. 화려하지는 않지만 조용히 자신을 가꾸어 나가는 이런 소나무가 좋다. 내가 소나무 숲속 마을에서 성장기를 보냈고, 현재도 소나무 숲이 우거진 산기슭에 살고 있어 이리도 좋아하는 모양이다.

가을이 찾아와도 소나무는 단풍을 제대로 들이지 않는다. 낙엽수들이 단풍 잔치를 모두 끝내고 낙엽이 될 무렵에야 누런 솔잎을 조심스레 떨구어 놓는다. 겨울을 보낼 새 솔잎은 그대로 남겨놓은 채 늦은 가을에 묵은 솔잎들 만을 떨구어 자신의 발등 위를 포근하게 덮는다. 무더운 여름에 새로 싹을 틔운 솔잎에게 추운 겨울까지 이겨내도록 하는 소나무다. 상록수가 쉽게 되는 게 아니다.

그러니 가을에 소나무의 단풍을 눈여겨보는 사람은 별로 없을 것이다. 단풍놀이를 떠나는 등산객들이 소나무의 단풍을 보기 위해 떠난다는 말은 들어보지도 못했다. 나 역시 그랬다. 소나무에 단풍이 든다고 생각조차도 안 해 보았다. 또한 소나무에 단풍이 들었다고 그 소나무 옆에서 사진 한 번 찍은 적이 없다. 돌아보니 소나무에게 많이 미안하다.

양보와 희생으로 다른 나무들이 더 돋보이게 하는 나무가 바로 소나무다. 사계절 중 나무들이 가장 사랑받는 봄과 가을을 자신의 계절로 만들지 않는다. 그렇다고 계속 기죽어 있는 나무는 아니다. 자신의 존재 가치를 알리기 위해 때를 기다릴 뿐이다. 소나무는 봄꽃들이 피었다가 지고, 신록이 우거져 갈 즈음 꽃을 피우고 송홧가루를 온누리에 뿌려 놓는다. 창문을 꽁꽁 닫아 놓아도 어느 틈으론지 들어와 송화가 피었다가 지고 있음을 알린다. 어차피 예쁜 봄꽃들이 피어날 때 피어보았자 사랑도 못 받고 미움만 살 것이다. 그래서 봄꽃들의 꽃 잔치가 다 끝날 무렵에나 꽃을 피우는 모양이다.

어찌 되었거나 소나무는 자신의 존재 가치를 확실히 알려주는 나무다. 꽃이 아닌 꽃가루로 집안까지 들어와 자신을 알린다. 소나무의 꽃이 눈에 띄지는 않지만 광폭으로 자신의 존재를 확실하게 알린다. 나는 그런 소나무가 좋다.

현재 내가 살고 있는 아파트 뒷산이 소나무 숲이다. 그래서 송화가 피고 지는 것을 알게 된다. 송홧가루가 몇날 며칠 온 집안을 날아다니니 모를 리 없다. 송화는 화무십일홍花無十日紅이 아니다. 거의 한 달 정도 송홧가루를 날리니 하는 말이다. 창틀뿐 아니라 집안 구석구석까지 날아 들어와 앉아 있다. 지하주차장에 세워 놓은 자동차도 송홧가루를 뽀얗게 뒤집어쓴다. 비가 내리고 나면 송홧가루의 행동반경이 얼마나 넓은지 알 수 있다. 그 송홧가루가 날릴 때면 어렸을 때 할머니와 함께 다식판에 예쁘게 찍어냈던 송화다식이 생각난다. 할머니를 많이도 그립게 만들어주는 소나무다.

소나무는 소란스럽지 않다. 유난떨지 않고 조용히 자신

을 변화시키는 나무다. 그래도 자신의 존재가치는 확실히 알리는 나무다. 나는 그런 소나무가 좋고 그런 소나무를 닮고 싶다. 전에는 상록수보다 변신에 변신을 거듭하는 낙엽수를 좋아했는데 점점 소나무가 좋아진다. 유난떨지 않고 조용히 변화를 추구하며 살고 싶어서다.

내 존재 가치는 소중히 여기며 유난떨지 않고 조용히 변화를 추구하는 그런 사람이고 싶다. 수많은 나무들이 변신에 박차를 가하더라도 아랑곳하지 않고 때를 기다리는 소나무 같은 그런 사람이고 싶다. 자신을 뽐내고 싶어 하는 사람들에게 기꺼이 자리를 내어주고 진심으로 격려해주는 그런 사람이고 싶다. 소나무처럼 어느 정도 주변이 잠잠해지면 그때 변화를 시도하고, 존재가치를 알리는 그런 사람이고 싶다.

소나무는 다른 나무들이 축제를 벌이는 봄과 가을에는 조용히 그들에게 축제의 자리를 양보한다. 그리고는 여름과 겨울에 자신의 실체를 조용히 드러낸다. 그때 축제를 벌여도 늦지 않음을 알고 있다.

그렇기에 봄이 찾아오면 새싹을 틔우고 예쁜 꽃을 피우고, 가을이 찾아오면 예쁜 단풍을 들이며 누구에게나 사랑을 독차지하려 들지 않는다. 서고 앉을 자리, 앉고 누울 자리를 너무나 잘 알고 있다.

그렇다고 기죽어 살고 있는 나무는 결코 아니다. 무더운 여름이 찾아올 무렵 새잎을 틔우고, 추운 겨울이 찾아오면 눈보라를 맞아가며 겨울 산을 지키는 나무다. 나무 중 가장 위풍당당한 나무가 소나무가 아닐까 싶다.

소나무와 달리 봄과 가을에 사랑을 듬뿍 받은 낙엽수들은 맨몸으로 추운 겨울을 난다. 그런 낙엽수들에게 고맙고 미안하여 봄과 가을을 양보하는 게 분명하다. 낙엽수들이 별볼일 없는 여름과 겨울을 틈새시장으로 여겨 자신의 계절로 만들어내고 있는 것만 보아도 알 수 있다. 소나무의 사계만 잘 들여다 봐도 인생 공부가 일취월장할 것이다. 소나무의 겸허함과 포용력, 여유로움을 우선 배워 나가야겠다.

봉화, 울진에 이어 찾은 삼척의 금강송들 역시 여름을 맞아 싱그러운 모습으로 자태를 뽐내고 있다. 새로 탄생한 연둣빛 솔잎들이 뜨거운 태양 아래 눈이 부시도록 반짝거린다. 소나무를 비롯한 나무들에게 인생을 어떻게 펼쳐 나가야 할지 정말 많이 배운다. 나무들은 서로 앞다퉈 자신의 존재를 먼저 알리려 하지 않는다. 나무는 절대 남의 자리를 탐하지도 않는다.

나무들은 좁으면 좁은 만큼 하늘을 향하고, 넓으면 넓은 만큼 하늘을 향해 팔을 뻗는다. 하늘이 좋다고 남을 밀어내지도 물가가 좋다고 남을 밀어내지도 않는다. 틈새가 있으면 그 틈새로 겨우 얼굴을 내밀 뿐이다. 그 틈새도 없으면 그냥 그 자리가 내 자리려니 하고 낮은 자세로 살아간다.

그런 나무들이 좋다. 그중 낙엽수들이 사랑받는 봄과 가을을 양보하고 여름과 겨울을 자신의 계절로 만들어가는 소나무가 참 좋다. 그런 소나무의 삶을 그대로 배우고 싶다.

누가 뭐래도 겨울도 겨울이지만 여름이 소나무의 계절이다. 올여름에도 소나무의 아름답고 늠름한 모습을 보았으니 하루하루가 행복하리라. 나의 여름 산행은 뭐니 뭐니 해도 여름 소나무를 만나보기 위함이다.

3부

나를 찾아 길을 나선다

길에서
역사를
만나다

1호선 전철을 타고 서울 시청역에서 내렸다. 겨울에 스케이트장으로 인기를 끌던 시청 광장이 푸른 잔디밭으로 변해 있다. 광장이 변신에 변신을 거듭한다.

광장은 사람들의 도전에 언제나 품을 내주어야 한다. 사시사철 일 년 내내 행사와 축제가 끊이지 않는다. 우리나라 시청 광장이 유럽의 광장들 보다 훨씬 넓어서일까? 유럽처럼 아름답지는 않다. 수시로 천막이 들어차 있는가 하면 구호를 외치는 사람들로 북적거릴 때도 많다.

시청 광장을 뒤로하고 광화문 광장을 걸어 삼청동 길로

접어들었다. 경복궁과 청와대를 왼쪽에 끼고 걸어 올라갔다. 조선시대 8명의 판서가 살았다는 데서 붙여진 팔판동을 지나 삼청공원 쪽을 향해 올라갔다. 몇 년 전만 해도 조용했던 거리다. 길이 좁으니 마을버스만 다닌다.

그런데 언제부턴가 갑자기 삼청동 길이 복잡해지기 시작했다. 길 양쪽으로 가정집이 하나둘 상가로 바뀌기 시작했다. 처음에는 음식점과 의류점이 많았다. 그러더니 요즘에는 없는 게 없다. 기념품, 액세서리, 가방, 구두, 옷가게가 들어섰다. 커피집이 대세다. 한 서너 집 건너 커피집이다.

갑자기 삼청동 길이 예뻐졌다. 시청 광장이나 광화문 광장과는 다른 모습이다. 유럽의 어느 골목과 흡사하다. 내가 유럽의 어느 길을 걷는 게 아닌지 착각을 불러일으키기에 충분하다. 쇼핑을 좋아하다 보니 뭔가를 그곳에서 사야 할 것만 같다. 유럽여행을 할 때처럼 기념품이라도 사고 싶어진다. 생각보다 물건값이 저렴하다. 그 길을 걷는 사람들 중에는 나 같은 중년 여성들이 많다. 나처럼 이국적인 풍경에 취하고 싶어서인가 보다. 다행히 외국 관광객들도 생각보다 많다. 이 또한 반가운 일이다. 그들이 돈을 많이 쓰고 가길 은근히 바라본다.

삼청동 길에서 삼청공원 쪽으로 가다가 오른쪽으로 난

가파른 계단을 올라가면 북촌 한옥마을이 나온다. 그곳에서 내려다보는 전망이 백미다. 맹사성의 생가를 비롯하여 북촌에는 그야말로 고관대작들의 집터가 많다.

그리고 북촌으로 올라가는 계단 길 말고 오른쪽 샛길로 들어서면 그 길에도 아기자기한 물건을 파는 가게가 많다. 그곳에 살고 싶어지게 만든다. 구경할 게 많아서인지 한참을 걸어도 피곤함을 느끼지 못한다. 이것저것 구경하면서 감고당 길 쪽으로 접어들면 멀리 남산 서울타워가 마주 보인다. 왠지 반갑다.

삼청동 길에 이어 감고당感古堂 길에도 관광객이 많다. 조선 제19대 왕 숙종의 제1계비 인현왕후 민씨가 후궁 장희빈의 모함으로 쫓겨나 살았던 친정집이 이 길에 있다. 그 집이 바로 감고당이다. 다행히 인현왕후 민씨는 5년여의 폐비생활을 마치고 복위되어 다시 궁궐의 안주인이 되었다. 하지만 그녀는 장희빈이 사약을 받고 사사되기 얼마 전 먼저 세상을 떠났다. 무슨 운명인지 그녀에게 온갖 몹쓸 짓을 한 장희빈과 같은 해에 세상을 떠나고 말았다.

그런데 그 감고당에서 또 한 명의 왕비가 탄생하였다. 인현왕후 민씨를 5대조 작은할머니로 부르는 그녀의 후손 명성황후 민씨가 조선 제26대 왕 고종의 비가 되었다. 그랬기에 감고당은 두 왕비를 배출한 곳이 되었다.

감고당이란 당호의 이름은 제21대 왕 영조가 1761년(영조 37년) 이곳을 방문했다가 인현왕후 민씨를 기리며 편액을 내려 그 뒤부터 감고당이라 불렀다고 한다.

원래 감고당은 서울 안국동 덕성여고 본관 서쪽에 있었다. 그 후 1966년 서울 도봉구 쌍문동 덕성여자대학교로 옮겼다가 다시 2006년 경기도 여주시의 명성황후 유적 성역화 사업에 따라 인현왕후 민씨의 후손인 명성황후 민씨 생가 옆으로 이전되어 복원되었다.

감고당은 원래의 자리에서 두 번의 이사 끝에 인현왕후 민씨의 아버지 민유중의 묘가 있는 여주로 옮겨 옛날 옛적 억울하고 슬펐던 이야기를 들려주고 있다.

민유중의 5대손인 명성황후 민씨의 아버지 민치록이 민유중의 묘를 관리하면서 선산이 있는 여주에 집을 짓고 살다가 세상을 떠났다. 그 집에서 명성황후 민씨가 태어나 8세까지 살다가 민치록이 세상을 떠난 뒤 서울 감고당으로 어머니 한산 이씨와 함께 와서 살았는데 1866년(고종 3년) 16세에 고종의 비로 책봉되었던 것이다.

감고당 길은 명성황후 민씨가 아닌 인현왕후 민씨로 인해 탄생한 길이라 할 수 있다. 그 길을 걷는 관광객은 인현왕후 민씨의 아픔을 헤아리며 그 길을 걸으리라 생각한다. 왕비나 후궁, 그 밖의 왕실가족들의 집이나 무덤이 있던 자리에는 대부분 학교가 들어서 있다. 이곳 감고당도 덕성여고가 들어서 있어 예전의 감고당 흔적은 찾을 길이 없다.

길의 명칭만 감고당일 뿐이다. 그 감고당 길을 죽 따라 걸어 내려오다 보면 풍문여고가 있다. 그곳도 제14대 왕 선조와 계비 인목왕후 김씨의 유일한 공주로 태어난 정명공주의 집이었다. 그 전에는 세종대왕의 8남인 영응대군이 살았고, 숙종의 6남인 연령군도 살았다. 조선 후기에는 순종의 가례가 두 번이나 그곳에서 열렸다. 그곳이 명당은 명당이었나 보다.

정명공주는 이복오빠인 제15대 왕 광해군에 의해 5년여 동안 어머니 인목왕후 김씨와 덕수궁에 유폐되어 있다가 인조가 광해군을 몰아내고 제16대 왕으로 즉위하게 되면서 명예회복을 하였다. 사실상 서인으로 강등되었다가 공주의 작위를 되찾았던 것이다. 하지만 그녀는 이미 21세의 노처녀가 되어버렸다. 그래도 다행히 3세 연하인 홍주원을 만나 혼인하여 신혼집으로 이곳 안동별궁에서 살았다.

일제강점기에 들어서면서 1937년 그곳에 풍문여고가 자리 잡게 되었다. 그러나 개교 80년 만인 2017년 풍문여고는 그곳을 떠나 강남으로 이전하였다. 그 자리에는 서울공예박물관이 들어설 예정이다.

이처럼 조선의 왕실가족들이 살았던 곳에 학교가 들어서 있는 경우가 많다. 제26대 왕 고종의 아버지 흥선대원군의 별장인 마포의 아소정 자리에도 서울디자인고등학교가 자리하고 있다. 흥선대원군과 그의 부인 민씨가 그곳에 살다가 같은 해에 사망한 뒤 아소정 뜰에 잠들었다. 그 후 파주로 이장되었는데 다시 현재의 남양주로 이장되어 잠들어 있다.

말하면 무엇 하겠는가? 5대 궁궐 중 하나인 경희궁 자리에도 일제강점기가 시작된 1910년 일본인을 위한 경성중학교가 들어섰다가 해방 후 1946년 서울고등학교가 자리하게 되었다. 그 후 서울고등학교는 1980년 서초구로 이전되면서 경희궁이 복원에 박차를 가하고 있다.

한편 왕족들의 무덤이 있었던 자리에 대학교가 들어선 곳도 더러 있다. 경희대학교에는 제9대 왕 성종의 계비로 제10대 왕 연산군의 생모였던 폐비 윤씨의 회묘가 있었다. 연세대학교에는 제21대 왕 영조의 후궁으로 사도세자의 생모인 영빈 이씨의 수경원이 있었다. 고려대학교에는 제22대 왕 정조의 후궁 원빈 홍씨의 인명원이 있었다. 그리고 서울시립대학교 뒷산인 배봉산에는 사도세자의 영우원이 있었고, 숙명여자대학교 인근의 효창공원에는 정조의 후궁으로 정조에게 첫 아들을 안겨준 의빈 성씨의 무덤과 요절한 문효세자의 효창원이 있었다. 또한 현재 서울대학교병원이 들어서 있는 옛 서울대학교 자리에도 성종 때 꽃과 나무를 심어 조성한 창경궁의 후원인 함춘원이 있었고, 그 후 사도세자의 사당 경모궁이 자리해 있었다.

그리고 국립서울현충원의 원래 주인도 조선의 제11대 왕 중종의 후궁 창빈 안씨(1499~1547)였다. 그녀가 잠들어 있는 곳은 명당 중의 명당으로 손꼽힌다. 그녀의 묘역 가까이에 이승만 대통령 묘와 김대중 대통령 묘가 자리해 있다. 그녀는 덕흥대원군의 어머니이고, 조선 제14대 왕 선조의 할머니이다. 그녀의 손자 하성군이 적손이 아닌 서손으로 왕이 되었으니 어찌 명당이 아니라 하겠는가. 선조는 조선 최초로 적자나 적손이 아니면서 왕이 되었다.

창빈 안씨의 묘는 처음에는 경기도 양주시 장흥에 있었다. 그 후 명당 중의 명당인 이곳으로 이장되었다. 그런데 그녀의 묘역에 국립서울현충원이 들어서게 된 것이다. 그녀는 조선시대 여인으로 유일하게 국립현충원에 잠들어 있어 21세기를 살아가고 있는 우리들에게 아주 먼 16세기의 이야기를 들려주고 있다.

삼청동 길에서 감고당 길로, 다시 인사동 길을 이어 걸으면서 길에서 만난 역사와 참으로 많은 이야기를 나누었다. 볼거리, 느낄거리, 생각할 거리가 많은 길이 바로 이 길들이 아닌가 싶다. 수십 번을 걸어도 싫지 않은 흥미로운 길이다. 저 먼 조선시대의 역사는 물론, 내가 좋아하는 유럽의 어느 아름다운 골목길을 떠올리게 해주는 이 길들을 나는 무척이나 사랑한다. 언제고 마냥 걸으면서 보고, 느끼고, 생각하고 싶을 때 나는 또다시 이 길들을 걸어볼 참이다.

통곡의
미루나무

"나오세요. 많이 추우셨죠? 많이 힘드셨죠? 많이 아프셨죠? 많이 그리우셨죠? 나오세요. 그 아픈 기억에서 이젠 벗어나세요. 당신이 목숨 바쳐 지킨 대한민국이 이렇게 잘 컸습니다. 많이 큰 대한민국을 지켜봐 주시고 좋은 길로 이끌어주십시오. 대한민국이 당신을 문 밖에서 기다립니다."

남녀 내레이터의 내레이션이 구슬피 흘러나온다. 그들의 목소리에 슬픔과 안타까움이 절절히 배어 있다. 누가 이 방에 들어와 바로 발길을 돌릴 수 있겠는가. 독립 운동가들의 수형기록표가 방 안 가득 도배되어 있다. 방에 들어서는 순간 도저히 발을 떼기가 어려웠다. 어느 독립 운동가들에게 먼저 눈맞춤을 해야 할지 한참을 망설였다. 방 안 가득 도배되어 있는 수형기록표가 5천여 장이 넘는다. 현재 남아 있는 것만 이 정도란다. 남녀 내레이터의 구슬픈 내레이션은 그칠 줄 모르고 계속된다. 너무 슬프다. 너무 아프다.

1998년 11월 5일 서대문형무소가 역사관으로 바뀐 뒤 아이들을 데리고 찾아오고는 오랜만에 다시 찾았다. 그때도 아이들한테 무슨 말을 어떻게 해주어야 할지 막막했는데 홀로 찾은 오늘도 마음은 천근만근이다. 한숨만 연거푸 나온다. 며칠 전이 광복절이어서 그런지 아이들의 손을 잡고 관람하는 부모들이 많았다. 예전에도 형무소 건물이 이렇게 멋지다는 사실에 놀랐지만 다시금 놀랐다. 밖에서 보면 서양의 어느 명문대학교 건물이 아닌가 하는 착각이 들 정도다.

그 높디높은 담장 밖에서 서대문형무소역사관으로 들어서는 순간 적막감이 맴돈다. 어린아이들도 다른 전시관에서와는 달리 조용하다. 나는 먼저 여자들이 수감되었던 옥사에 들어섰다. 그리고는 유관순이 수감생활을 했던 8번 방 앞에 멈춰 섰다. 방은 비좁았다. 그 방에서 '대한독립 만세' 소리가 들려오는 것만 같다. 여 옥사에서 아이를 낳은 독립 운동가들도 여럿 있었다. 존경 받아 마땅한 분들이 이곳에서 희생

되었다.

여 옥사를 나와 보안과 청사였던 전시관에 들어섰다. 혼자 찾으니 여유 있게 조용히 관람할 수 있어 좋다. 우리나라 독립에 앞장선 안중근, 이봉창, 윤봉길 등등 독립 운동가들의 대형 사진이 걸려 있는 방에 들어서니 역시나 유관순 열사가 인기다. '유관순 열사'라 쓰여 있는 초상화 앞에서 아이들이 순서를 기다려 사진을 찍는다. 교과서의 위력이 대단함을 다시 확인한다.

1층 전시관에서는 일제의 악독한 식민지 운용실태와 독재정권의 민주화 인사 탄압실태를 관람하고 서대문형무소의 80년 역사와 그 의미를 영상을 통해 보았다.

그리고 3개의 민족 저항실로 나누어 전시되고 있는 2층 전시관에 들어섰다. 그곳에서 대한제국 말기부터 1919년까지 펼쳐진 독립운동과 일제탄압의 실상, 독립 운동가들의 수행기록표를 벽면 가득 도배해 놓은 추모 공간, 1919년 3·1 독립만세운동 이후부터 1945년 해방까지 이곳 형무소와 관련된 자료와 모형으로 만들어놓은 사형장 지하 시신 수습실과 시구문까지 관람하였다.

마지막으로 각종 고문실이 있는 지하층까지 관람을 마쳤다. 물고문에서 손톱 찌르기 고문, 상자 고문, 벽관 고문 등

잔인하기 짝이 없었다. 그밖에 취조실도 있고, 감방도 있어 직접 들여다볼 수 있었다. 방은 혼자 눕기도 좁아 보이고 나무로 만든 똥통이 한 방에 하나씩 놓여있었다. 지하는 빛도 들어오지 않았을 텐데 지옥이 바로 이곳이구나 싶었다. 한 감방에서는 '대한독립만세' 소리가 계속 흘러나온다. 그 목소리가 애잔하다. 아니, 아주 간절하다. 그곳에 갇혀있었던 애국지사들은 모두 하나같이 대한독립을 외쳤을 것이다. 오늘의 대한민국이 존재하는 이유다.

그곳을 나와 하늘을 보니 어느 때보다 눈이 부시다. 계속해서 독립 운동가들과 문인들을 비롯한 민주열사들이 갇혀 있었던 11옥사와 12옥사를 관람했다. 그리고 일제가 수감자들의 노동력을 착취하여 각종 물품과 군수물품을 생산했던 노동의 행태를 영상으로 보고 한센병사로 올라갔다.

이 옥사는 계단을 올라가야 하는 높은 곳에 자리해 있다. 여기서는 서대문형무소가 한 눈에 내려다보인다. 이곳은 망루와 가까이 있다. 수감자들이 하루에 주어진 30분 운동을 했던 격벽장도 내려다보인다. 격벽장은 수감자들이 서로 대화하지 못하도록 칸칸이 벽을 만들어 놓았다. 붉은 벽돌로 쌓아 만든 격벽장도 멋지다. 그 누구도 형무소 시설이라고 보기는 어렵다.

이곳 형무소에는 7개의 우물이 있었다고 한다. 그 중 하나의 우물이 남아 있어 관람하고는 무시무시한 사형장 쪽으로 향했다. 사형장은 원형 그대로 남아 있는 건물 중 하나다. 서대문형무소는 원래 15개동이 있었다. 그런데 현재는 제9옥사~제13옥사, 한센병동, 사형장, 보안과 청사, 망루, 담장 등만 원형 그대로다. 아무리 생각해 봐도 밖에서는 형무소로 보기 어렵다. 밖과 안의 느낌이 완전 다른 곳이 바로 이곳이다.

이 형무소는 1908년 10월 21일 문을 열었다. 그 후 1912년 9월 3일 서대문감옥으로, 1923년 5월 5일 서대문형무소로, 1945년 11월 21일 서울형무소로, 1961년 12월 23일 서울교도소로, 1967년 7월 7일 서울구치소로 이름이 바뀌었고, 1987년 11월 15일부터는 더 이상 사람을 가두지 않았다. 서울구치소가 경기도 의왕시로 이전했기 때문이다. 그 후 1988년 2월 27일 이곳이 국가 사적 제324호로 지정하여 10년 후인 1998년 11월 5일 서대문형무소역사관으로 개관하여 오늘에 이르고 있다.

실제 사형이 이루어졌던 사형장은 1923년 일제가 지었다. 이곳에서 수많은 애국지사들이 억울하게 형장의 이슬로 사라져갔다. 그곳과 연결된 곳에 죽은 시체를 밖으로 내가는 시구문도 그대로 남아 있다.

사형장 입구에는 큰 미루나무가 교도관인양 우뚝 서서 관람객을 맞는다. 그것은 사형장을 지을 때 심었다고 한다. 우리나라의 뼈아픈 역사를 묵묵히 지켜보았을 것이다. 사형장으로 끌려 들어가는 애국지사들을 그대로 서서 지켜볼 수밖에 없었을 것이다. 애국지사들은 뜻을 이루지 못하고 죽어가는 것이 원통해 그 미루나무를 붙들고 통곡했다고 한다. 그래서 '통곡의 나무'라고 부르고 있다.

몇 년 전에 왔을 때는 미루나무가 사형장 담장을 사이에 두고 안에도 한 그루 서 있었다. 그런데 안에 있던 미루나무가 보이지 않는다. 사형장 담장 안으로 들어가 보니 그 미루나무는 겨우 밑동만 남았다. 마치 교수형을 당한 듯 잘려나갔다. 담장 밖의 미루나무처럼 크지 못하고 비실대다가 끝내 죽어갔다고 한다.

그런데 죽어간 애국지사들과 달리 잘려 나간 그 미루나무 밑동 곁에서 새싹이 돋아나고 있었다. 애국지사들은 사형장으로 들어가기 전 담장 밖 미루나무를 붙들고 통곡하다가 안으로 들어가 다시 담장 안 미루나무를 붙들고 통곡했을 것이다. 그리고는 바로 앞 사형장에서 죽음을 맞았을 것이다. 이제 그 모습을 아주 가까이서 생생이 지켜보았던 미루나무가 생을 다하였다. 그 통곡의 미루나무 곁에서 돋아난 새싹이 햇살 아래 반짝인다. 이것을 보니 이곳에서 억울하게 죽어간 애국지사들의 환생인양 더없이 반갑다. 사형장 담장 안에 파릇파릇 돋아난 통곡의 미루나무 새싹이 무럭무럭 자라나길 바랄 뿐이다.

관람을 모두 마치고 나오는 길에 추모비 앞에 서서 형장의 이슬로 사라진 순국선열들께 조용히 인사드린 뒤 높디높은 붉은 담장 밖으로 나왔다.

담장 밖은 새로운 세상이다. 애국지사들의 희생으로 독립과 민주화를 이루어낸 대한민국이 희망으로 넘실댄다. 나 역시 독립 운동가들의 추모공간에서 흘러나왔던 내레이션처럼 애국지사들이 이제는 아픈 기억에서 나오시길 간절히 바랐다.

청자
참외 모양
병

국립중앙박물관 3층에 자리한 조각 공예실과 도자기실을 관람했다. 국보 중 자신의 몸값이 최고임을 자랑하듯 국보 제83호 〈금동미륵보살 반가사유상〉이 방 하나를 차지하고 있다. 그런데 몸값이 비싼 또 다른 분, 국보 제78호 〈금동미륵보살 반가사유상〉은 눈에 띄지 않는다. 어깨에 부상을 입어 치료 중이라고 한다. 그는 균열이 있어 지난 3월 10일 입원했는데 현재 보존처리 중이란다. 나는 2015년 두 국보가 한 방에 나란히 전시될 때 감명 깊게 그들을 만나보았다.

나는 오늘도 내가 많이 좋아하는 국보 제83호 〈반가사유상〉과 반갑게 인사를 한 뒤 고려청자들을 만나러 옆방으로 발을 옮겼다. 청자들은 언제 보아도 신선하다. 고려가 조선에 망한 지도 600년이 훨씬 넘는다. 고려는 935년에 통일신라로부터 나라를 넘겨받아 450여 년을 이끌다가 1392년 조선에 넘겨줄 수밖에 없었다.

　　고려의 청자들은 어쩌면 천 년을 살아온 것들도 있을 텐데 빛이 그대로 살아 있다. 그러니 국보가 되고, 보물이 되어 우리나라의 대표 박물관인 국립중앙박물관에 자리 잡게 되었을 것이다. 고려청자는 모양도 멋지지만 빛깔에 반했다. 청자색이 이렇게 아름다운지 새삼 또 느끼게 된다. 비취빛이 어떤 색인지, 왜 아름다운지 알게 해 준다.

　　고려청자 전시실을 찾을 때면 무엇보다 비취빛의 참외 모양 화병을 먼저 찾아가 만난다. 누구도 흉내 내기 어려운 빛을 띠고 있다. 그 화병의 이름은 〈청자 참외 모양 병〉으로 국보 제94호이다. 오늘도 그를 먼저 만났다.

　　그는 활짝 핀 나팔꽃 모양의 입을 가졌으며 갸름한 목에 영락없는 참외 모양을 하고 있다. 굽다리 또한 아름답다. 여인들의 주름치마를 연상케 한다. 주름이 총총히 고르게 접혀 있고, 다른 병들보다 굽이 높은 편이다. 그 병은 경기도 장단군에 있는 고려 제17대 왕 인종(1109년~1146년)의 능에서 '황통皇統 6년(1146년)'이란 연도가 표기된 책과 함께 발견됐다. 높이가 22.8㎝, 입의 지름 8.8㎝, 밑지름 8.8㎝ 크기이다. 이 청자는 참외를 닮아도 너무 닮았다. 크기도 딱 먹기 좋다.

그를 보는 순간 "와! 참외다."라는 말이 절로 나온다. 비취빛으로 풋참외를 연상케 하지만 아주 잘 익은 참외 모양이다. 고려청자들 중 이보다 더 사실적인 도자기는 만나보지 못했다. 〈죽순모양주자〉도 죽순을 많이 닮았지만 〈청자 참외 모양 병〉보다는 못하다. 나는 이 보물을 보노라면 입 안에 계속 군침이 고인다. 참외를 좋아하는 티가 난다. 나 뿐 아니라 관람객들도 그 화병을 보면 참외가 생각나고 먹고 싶어질 것이다. 비록 노란색이 아닌 비취빛이지만 너무나 잘 익은 참외와 똑 같이 빚어놓았기 때문이다.

고려청자실에는 이 병 말고도 참외 모양의 화병이 또 있다. 바로 옆방에 있다. 국보 제114호 〈청자 상감모란국화문 참외모양 병〉이다. 이것은 〈청자 참외 모양 병〉과 모양은 비슷하지만 높이는 3cm정도 더 크다. 좀 크다 싶은 참외 모양이다. 이 화병은 무문無紋 화병이 아니라 상감으로 모란과 국화무늬가 새겨져 있다. 참외의 줄 안에 모란과 국화무늬가 번갈아가면서 예쁘게 새겨져 있다. 그래서 이름도 〈청자 상감모란국화문참외모양 병〉이다.

이 화병은 꽃이 함께 새겨져 있어 화려하긴 하나 나는 국보 제114호 화병보다 제94호 화병이 더 마음이 끌린다. 꽃무늬가 새겨진 화병은 감상용으로는 좋지만 꽃을 꽂았을 때 무문 화병이 훨씬 멋스러워 보이기 때문이다. 화병이 너무 아름다우면 꽃이 빛을 내지 못한다. 조선 후기에 만들어진 보물 제1437호 〈백자 달항아리〉가 멋스러운 것과 마찬가지로 무문 화병이 더 좋다. 내 취향인지 몰라도 나는 사람도 화려한 치장을 한 사람보다 꾸밈이 없는 사람을 좋아한다.

참외 모양 청자 화병 외에 참외 모양 청자 주전자들도 있다. 그러나 중앙박물관에는 작은 참외 모양 청자 주전자만 전시되어 있어 아쉬웠다. 참외 모양 청자 주전자는 지방의 몇 군데 박물관들이 소장하고 있다. 나는 경기도박물관을 찾았을 때 그곳에서 뚜껑까지 참외 꼭지 모양을 한 참외 모양 청자 주전자를 만났다. 물론 그때도 반가웠다. 그러고 보면 고려시대에는 참외가 인기 있는 과일이었던 모양이다. 아니면 귀한 과일이었을지도 모른다. 그러니 참외 모양의 고려청자들이 많이 남아 있는 게 아닐까 싶다.

허리가 날씬한 게 어깨선이 풍만한 매병들도 아름답지만 참외 모양의 화병과 주전자에게 정이 더 가는 것은 왜인지 모르겠다. 내 마음을 사로잡는 게 볼수록 반갑다. 그들의 아름다움도 아름다움이지만 입맛까지 좋아지게 하니 어쩔 수 없다. 이러니 내가 살이 안 찔 수가 없다. 청자에 나무, 새, 물고기, 꽃, 구름 등이 새겨진 매병보다 나는 다시 봐도 참외 모양의 화병에 정이 간다.

내가 좋아하는 과일의 모양을 하고 있는 화병을 몇 번째 다시 만났다. 이 화병은 고려청자 전성기인 12세기 전기에 만들어진 것으로 언제 보아도 우아하고 단정하다. 그 누구도 흉내 낼 수조차 없을 비취색의 은은한 유색이 돋보이는 참외 모양 화병으로 으뜸이다. 국보 제94호 〈청자 참외 모양 병〉은 내가 영원히 좋아할 비취색 무문 화병이다.

다행인 것은 내가 좋아하는 고려청자나 반가사유상을 이곳에 오면 휴관일 빼고는 수시로 만나볼 수 있다. 입장료 또한 없다. 이보다 더 행복한 일이 어디 또 있으랴.

다음 주면 부상으로 치료 중인 국보 제78호 〈금동미륵보살 반가사유상〉이 치료를 끝내고 자신의 방으로 돌아온다. 마음속으로 그의 쾌유를 빌어주었으니 치료는 잘 받았을 것이다. 〈금동미륵보살 반가사유상〉과 〈청자 참외 모양 병〉은 같은 층에 있다. 건강을 되찾고 돌아오는 그를 만나기 위해 핑계 김에 또 박물관을 찾아가야 할 것 같다.

서촌나들이에
마음을
뺏기다

갑자기 서울에 가고 싶어진다. 이럴 땐 주저 않고 집을 나선다. 마을버스를 타고 안양역에 내려 1호선 전철을 탄다. 꼭나를 위해 생긴 것처럼 탈 때마다 고맙다. 내가 서울 나들이를 편하게 할 수 있도록 도와주는 교통수단이기 때문이다.

나의 서울 나들이는 강남이 아닌 언제나 강북 쪽이다. 내가 서울생활을 처음 시작한 곳이 강북이기에 익숙해서 그런가 보다. 4호선을 타도 되지만 항상 1호선 전철을 타고 서울 시청역에서 내린다. 시청역에서 서울 나들이가 시작된다고 해도 과언이 아니다. 그곳에서 덕수궁, 경희궁, 경복궁 나들이도 할 수 있고 청계천이나 명동, 남대문도 걸어서 갈 수 있기 때문이다. 언덕이나 높은 계단을 오르는 것은 다소 힘들지만 평지는 온종일 걸어도 힘들지 않다. 그렇기에 덕수궁 돌담길과 정동길은 물론 광화문길, 삼청동길, 감고당길, 인사동길을 걷고 싶을 때면 시청역에 내려 걷는다. 북촌이나 서촌을 찾을 때도 마찬가지다.

오늘도 1호선 전철을 타고 시청역에서 내려 서촌을 향해 걸었다. 조선시대의 사대부들은 해가 지는 서쪽을 좋아하지 않았다. 그들은 대부분 경복궁과 창덕궁 사이 북촌에 살았다. 그들과 달리 가난한 선비들은 남촌에 살았다. 북촌과 남산골 남촌에 한옥마을이 있는 이유가 다 그래서다. 서촌에는 주로 역관, 의관, 궁녀, 화가가 살았다. 그래선가? 서촌에는 예술가의 흔적이 많이 남아 있다. 북촌처럼 큰 집은 없지만 현재 한옥도 600여 채가 남아 있다.

나는 좋아하는 예술가들이 많이 살았던 서촌을 좋아한다. 시청역에서 4번 출구로 나와 프레스센터 앞에서 마을버스 9번을 타면 서촌의 끝 수성동 계곡까지 갈 수 있다. 하지만 청계천 물줄기도 보고, 광화문 광장에서 이순신 장군과 세종대왕을 만나고, 북악산과 인왕산도 굽어보고 싶어 걸어서 간다. 광화문 안으로는 여전히 사람들이 북적인다. 외국 관광객이 많이 찾는 경복궁이 자리하고 있기 때문이다.

먼저 서촌의 사직단이 있는 사직공원 쪽으로 발길을 돌린다. '종묘사직宗廟社稷'이란 사극을 볼 때 자주 들어본 말이다. 종묘는 조선의 왕과 왕비의 신주를 모셔 놓은 곳이다. 사직은 토지와 곡식의 신에게 제사를 지내는 곳인데 사社는 토지의 신을 말하고 직稷은 곡식의 신을 말한다. 이들에게 제사를 올려 풍년을 기원했던 곳이 사직단이다.

태조는 도읍을 개성에서 한양(서울)으로 옮기면서 1395년(태조 4년) 경복궁 동쪽에 종묘를, 서쪽에 사직단을 설치하였다. 사직단에는 동쪽에 사단社壇, 서쪽에 직단稷壇을 두었다. 그러나 1910년 전후 일제에 의해 제사가 폐지된 뒤 두 단만 남고 다른 부속건물은 모두 철거되었다. 그 후 1963년 사적 제121호로 지정되었고, 1980년대 담장과 일부를 복원하여 1988년부터 다시 전주 이씨 대동종약원에서 사직대제를 매년 거행하고 있다.

그런데 뭔가 허전하다. 사직공원에는 내가 좋아하는 아들과 어머니의 표상인 율곡 이이와 신사임당 동상이 세워져 있었는데 보이지 않는다. 사직단의 복원사업으로 두 동상은 2015년 파주 율곡 이이의 유적지로 이전되었단다.

조선시대 종묘와 더불어 국가의 근본으로 상징되었던 사

직단을 관람하고 난 뒤 서촌 골목을 누벼본다. 서촌은 조선의 왕 중 가장 인기 많은 세종대왕이 태어난 마을이다. 조선의 제3대 왕 태종과 원경왕후 민씨가 이곳에 살면서 1397년(태조 6년)에 3남인 세종대왕을 낳았다.

서촌 입구에 여기저기 '세종대왕 나신 마을'이라는 플래카드가 나부끼고 있다. 왠지 반갑다. 세종대왕 탄생지로 추정되는 곳에 표석도 세워져 있다. 다른 왕들의 탄생지보다 훨씬 신기하게 느껴진다. 조선시대 한성부 준수방으로 서울 종로구 자하문로 41(서울 종로구 통인동 119-1) 앞 도로변 일대로 추정하고 있다. 그 추정지에 한글기념관을 짓는다 하니 세종대왕이 탄생한 방도 복원되지 않을까 싶다.

기분 좋게 준수방이 복원되기를 바라면서 통인시장을 거쳐 수성동 계곡으로 발길을 재촉한다. 30년 전이나 지금이나 골목이 크게 변한 게 없어 보인다. 북촌보다야 못하지만 한옥들도 여기저기 눈에 띈다. 고관대작들이 살았던 북촌 한옥마을의 골목을 걷는 것도 좋아하지만 예술인들이 많이 살았던 서촌 골목을 걷는 것이 더 좋다.

내가 예전에 수시로 오르내렸던 서촌 골목길을 설레는 마음으로 걸었다. 윤동주 시인이 하숙을 했던 집에는 태극기와 함께 '윤동주 시인의 하숙집터'라는 표지판이 부착되어 있다. 윤동주 시인은 이곳에 살고 있던 소설가 김송의 집에서 하숙을 하면서 시를 썼다고 한다.

이곳과 가까이에 있는 한국화의 거장 박노수 화백의 가옥으로 발길을 돌렸다. 박노수 화백은 서울시문화재자료 제1호인 이 집에 살면서 작품을 많이 남겼다. 그러나 지금은 종로구립미술관이 되어 관람객을 맞고 있다.

그밖에 서촌에는 시인 이상과 노천명, 화가 이중섭과 천경자 등 근대 예술가들의 발자취가 곳곳에 남아 있다. 겸재 정선의 걸작도, 김정희의 명필 추사체도 이곳 서촌에서 탄생한 것이다. 그러니 내가 서촌을 사랑하지 않을 수 없다. 내가 사랑하는 딸도 이곳 서촌에서 태어났으니 사랑의 척도가 클 수밖에 없다.

그뿐인가? 서촌에서 세종대왕도 태어났고, 조선의 마지막 왕비 순정황후 윤씨도 태어났다. 그녀는 왕비로 책봉되기 전까지 이곳 서촌에서 살았다. 그런데 그 생가를 이곳에 복원해 놓았어야 하는데 남산한옥마을에 그 모습 그대로 재현해 놓았다. 이곳의 생가가 너무 낡아 복원도, 옮기지도 못했다고 한다. 그 점은 심히 아쉽다.

그녀는 1910년 8월 29일 순종이 일본과 합병조약문서에 대한제국 옥새를 찍지 못하도록 치마 속에 감추고 버티었다. 그러나 그의 큰아버지 윤덕영에게 빼앗기고 말았다. 윤덕영은 그 공로로 일본으로부터 어마어마한 재산을 받아 이곳 서촌 일대 절반에 가까운 땅을 샀다고 한다.

그는 친일파 중 최고의 친일파였다. 그 뒤 서촌에 저택을 프랑스풍으로 짓고 호화생활을 했다. 그의 저택 이름이 '벽수산장'이었다. 벽수산장은 만여 평의 땅에 600여 평 규모로 지어진 조선의 아방궁, 한양의 아방궁이었다. 중국 진시황이 만든 궁전에 버금갔다 하니 더 이상 무슨 말이 필요할까? 잘 보존되었더라면 구경 한 번 가보았을 텐데 아쉽다.

그 터로 이어지는 오솔길이 박노수 화백의 집과 연결되어 있다. 박노수 화백의 집도 윤덕영이 딸에게 지어준 집이다. 그 주변에는 윤덕영 딸의 집 외에 본처, 첩실 등의 집들이 있었다고 한다. 윤덕영의 별장이 인왕산에서 가장 경치가 좋은 곳에 위치해 있었지만 불에 타버려 현재는 그 모습을 찾아볼 수 없다. 그것이 안타까울 뿐이다. 얼마나 호화판으로 지었는지 그 아방궁을 구경하면 좋은데 말이다. 방이 40개에 달했다 한다. 현재 그 자리에는 '송석원 터'라는 표석만이 인생무상人生無常임을 되새기게 해준다.

서촌이 요즘 들어 명소로 알려지면서 우리나라 관광객뿐 아니라 외국 관광객들도 많이 찾고 있다. 내가 신혼시절 찬

거리를 장만했던 통인시장에도 관광객이 삼삼오오 모여 음식을 맛보고 있다.

좁은 시장 골목을 빠져나오면 정자가 하나 나온다. 그 정자에 마을 어른들이 앉아 이야기를 주고받고 있다. 잠시 그곳에 앉았다가 마주 보이는 '효자베이커리'에 들러 빵을 샀다. 빵을 사려는 사람들이 길게 줄을 서 있지만 그 행렬에 끼어 오랜만에 추억의 빵을 한 보따리 샀다. 그 누구보다 좋아하는 겸재 정선과 세종대왕이 태어난 서촌과 온종일 지내서 그런지 하나도 힘이 들지 않았다. 이곳저곳 기웃거려 볼 게 너무나 많아 다음에 또다시 찾을 수밖에 없는 곳이다.

옛것은 사람의 마음을 붙잡는 묘한 마력이 있음을 새삼 깨닫는다. 아쉽지만 서촌과 헤어져 경복궁을 지나고 광화문 광장을 지나 내가 좋아하는 서점에 들러 땀도 식히고 아이스커피 한 잔에 책도 샀다. 가벼운 발걸음으로 시청역에 도착하여 1호선 전철을 타고 집으로 돌아왔다. 서쪽에 인왕산을 끼고 있는 서촌은 내가 영원히 잊을 수 없는 곳이다.

세계 최초
소나무
전통혼례식

우리나라 금강송 중 최고의 미인송으로 뽑힌 소나무가 있다. 이 미인송과 천연기념물 제103호인 충북 보은의 정이품송이 혼례를 치렀다. 세계 최초로 소나무 전통혼례식이 우리나라에서 열린 것이다.

산림청 임업연구원은 한국을 대표하는 소나무의 혈통 보존을 위해 10여 년의 연구와 엄격한 심사를 거쳐 2001년 5월 8일 가장 형질이 우수하고 아름다운 소나무를 찾았다.

그때 전국에 있는 소나무들이 간택단자를 낸 모양이다. 왕비와 세자빈, 부마 등을 간택할 때처럼 간택단자를 받았다

하니 여간 흥미로운 게 아니다. 그중 경북 울진의 금강송 두 그루, 강원 삼척의 금강송 두 그루, 강원 평창의 금강송 한 그루가 경쟁을 벌였다고 한다. 그런데 최종으로 간택된 미인 송은 강원도 삼척에 있는 금강송이었다.

그 미인송은 조선 건국왕 태조 이성계의 5대조 할아버지 가 잠들어 계신 삼척의 준경묘 가까이에 있다. 준경묘 입구 소나무 숲속에 살고 있는 그녀가 우리나라 최고의 미인 소나 무로 간택된 것이다. 그녀는 충북 보은의 정이품송과 혼례를 치러 한국의 기네스북에 올라 자태를 뽐내고 있다.

제 눈의 안경이랄까? 나는 주변의 소나무들이 그게 그것 같고 모두 아름답게 보이는데 어떤 기준으로 그녀가 최고의 미인송으로 간택되었는지는 잘 모르겠다.

하지만 올려다보면 볼수록 그녀의 자태가 매끄러운 게 곱고 예쁘다. 그녀의 신랑이 그 유명한 정이품송이라 하니 오죽 잘 뽑았겠나 싶다. 그녀를 바라볼수록 내가 신랑도 아 닌데 왠지 모르게 가슴이 벅차오른다. 그리고 그 미인송이 수줍은 새색시처럼 예쁘게만 보인다.

소나무는 계절 중 여름이 가장 새색시답다. 소나무는 봄 이 아닌 초여름에 새잎을 틔운다. 그러므로 어느 계절보다 여름에 소나무의 풋풋함을 엿볼 수 있다. 풋풋함에 싱그러움까지 더한다.

안타까운 것은 강원 삼척의 소나무와 충북 보은의 소나무가 신랑 신부로 만나 부부가 되었지만 서로 떨어져 살아야 한다는 것이다. 주말부부는커녕 영영 못 만나고 살아가는 신세다. 곁에 함께 살게 할 수 없다면 왜 혼례를 치러주었는지 모르겠다. 이곳 신부 미인송은 보은의 신랑 정이품송을 언제까지 그리워하며 살아가야 하는지 기약이 없다. 행여 태풍이 불면 그 바람결에 마음이라도 전할 수 있으려나 안타깝기만 하다.

이들이 부부로 맺어질 당시 삼척의 미인송은 92세였다고 한다. 늦은 나이에 새색시가 된 것이다. 소나무는 아주 오래 전부터 고령화 시대에 접어들었으니 늦은 나이가 아닐지도 모른다. 어찌 되었거나 이곳 준경묘 묘역에서 수많은 하객들의 축하를 받으며 혼례를 치러 삼척과 보은은 사돈 관계가 되었다. 이를 두고 웃어야 할지 울어야 할지 모르겠다.

최고의 미인송으로 간택되어 혼례를 치른 신부 미인송도 2019년 현재 110세가 다 되었다. 그래도 600세나 된 신랑 정이품송과의 나이 차이는 500세 정도나 된다. 연상도 엄청난 연상이다. 그것만이 걸림돌이 아니다. 신랑 정이품송에게는 동갑내기 정부인송이 있다. 천연기념물 제352호로 신랑과 겨우 7km의 거리에 살고 있다. 그녀는 서원계곡에서 남편인 정이품송을 밤낮으로 지켜보고 있다. 그러니 신랑 정이품송이 정부인송의 눈치가 보여 나이 어린 새 신부를 찾아가 함께 살 수도, 데려다 함께 살 수도 없는 형편이다. 슬프지만 새 신부는 씨받이 역할로 만족해야 한다. 그녀가 너무 늦게 정이품송을 만난 게 억울할 뿐이다. 이래저래 최고의 미인송으로 간택된 그녀가 안 되어 보인다. 안타깝기 그지없다. 하지만 어쩔 수 없는 노릇이다. 운명으로 받아들일 수밖에 없을 것 같다.

그러나저러나 이곳 미인송이 최종 간택되어 정이품송과 혼례를 치른 지도 어느새 18년의 세월이 흘렀다. 신부 미인송은 여전히 독수공방 신세이지만 그녀의 후손들이 좋은 혈통을 이어받게 되었으니 그것으로 위안 삼을 수밖에 없다. 강원 삼척의 신부 미인송은 신랑 정이품송보다 키가 두 배는 더 크니 충북 보은의 정이품송을 내려다보고 있을지도 모르겠다. 씨받이를 위해 간택된 신부이긴 하지만 바라볼수록 애틋하다. 이 미인송의 그리움을 그 누가 달래줄 수 있을까.

해인사,
문화유산을
품다

'세계문화유산 해인사 고려대장경판전'이라고 새겨진 커다란 안내 표석이 법보종찰 해인사 입구에 반갑게 서 있다. 고려대장경을 보관하고 있는 대장경판전大藏經版殿이 1995년 12월에 세계문화유산으로 등재되었음을 알리고 있다. 그 후 〈고려대장경판〉이 다른 고려 각판과 함께 2007년 6월에 세계기록유산으로 등재되었다. 이는 자랑스러운 일로 고려인들에게 큰 박수부터 보내고 싶다.

학창시절 〈팔만대장경〉이 보관되어 있는 곳이 어디인지 찾으라는 시험문제를 풀어 보았지만 그곳을 직접 가본 것은 내 나이 40살쯤 되어서다. 역사 공부를 할 때 경남의 합천에 자리한 해인사로 답사를 떠났기 때문이다. 학창시절 역사 시험은 무조건 암기만 잘하면 정답을 찾을 수 있었다. 다행히 암기를 못 하진 않아 생각보다 쉽게 문제를 풀 수 있었다. 그때 흥미롭게 공부한 덕분에 지금까지도 역사 공부를 계속하고 있는지도 모른다. 역사 공부는 해도 해도 끝이 없다. 궁금하고 신기한 게 계속 늘어나니 그렇다.

고려인들이 국보 제32호로 지정되어 있는 〈팔만대장경〉을 만든 이유는 민심을 모아 부처의 힘으로 거란과 몽고의 침입을 물리치기 위해서였다. 국난 극복이 고려인들의 열망이었기에 이 어마어마한 작업을 할 수 있었을 것이다.

무려 판수가 81,350장에 8만4천 개의 경전 말씀을 목판에 양각으로 새겨 놓았다. 그래서 〈팔만대장경〉이라 부른다. 목판의 재질은 산벚나무, 돌배나무, 단풍나무 등이다. 판각하기 전 이 나무들을 오랜 시간 동안 해충의 피해를 막기 위해 개흙에 담그거나 소금물에 쪄서 사용했다고 한다. 〈팔만대장경〉 역시 세계문화유산이 하루아침에 만들어지는 게 아님을 여실히 보여주고 있다.

〈팔만대장경〉은 13세기 몽고의 침입으로 강화도로 도읍지를 옮긴 최씨 무신정권이 먼저 대장도감이라는 임시 기구를 설치하고 온갖 정성을 다해 만들었다. 경판에 글자를 하나씩 새길 때마다 세 번씩 절을 했다고 한다. 그 정성 때문일까? 수천만 개의 글자가 하나같이 그 새김이 고르고 잘못된 글자가 거의 없단다.

경판의 크기를 보면 가로가 약 70cm, 세로(폭)가 약 24cm, 두께가 약 2.8cm이고, 무게가 약 3.2kg의 사각 목판이다. 길이의 양 끝에는 뒤틀리지 않게 각목(마구리)을 붙였고, 네 귀에는 구리로 장식하여 판이 서로 붙지 않도록 했으며, 전면에는 옻칠을 하였다고 한다. 약 5,200만여 자의 구양순체 글자들은 하나같이 일정하고 아름다우며 한 글자도 잘못 쓰거나 빠트림이 없는 완벽한 장경을 이루고 있다니 놀라지 않을 수 없다. 한 판의 면에 새긴 글자의 세로 줄 수는 23행이고, 행마다 14자 정도의 글자가 새겨져 있다.

이 고려 〈팔만대장경〉은 부처님의 모든 말씀을 체계적으로 집대성한 것으로 인류 최대의 기록물이다. 세계 최초이자 세계 최고의 목판본인 대장경은 규모와 내용, 형식에서 당대 동아시아 문명의 결정체로 평가되고 있다. 착수 시기는 고려 제8대 왕 현종(992년~1031년) 2년인 1011년이며, 그때부터 240여 년 동안 3차에 걸쳐 판각되었다.

이 판각으로 고려의 불교문화가 꽃피었고, 인쇄문화와

기록문화의 발전에도 크게 공헌하여 아시아 문화발전의 견인차 역할을 하였다. 대장경판 중 세계에서 가장 오래된 대장경판으로 그 가치를 인정받아 세계기록문화유산으로 등재된 것이다. 다시 한 번 고려인들의 불심과 애국심에 경의를 표하고 싶다. 툭하면 침략해오는 거란족에 이은 몽고족들을 힘으로는 도저히 물리칠 수 없으니 불심을 빌어서라도 그들을 물리치려한 고려인들의 애국심에 가슴이 뭉클해진다.

고려는 몽고의 침략을 6차에 걸쳐 받았다. 급기야 1232년(고종 19년)~1270년(원종 11년)까지 무려 38년 동안이나 도읍지를 개성에서 강화도로 천도하고야 말았다. 그런데도 그들은 수시로 침략하였다. 그 와중에 고려인들은 힘을 모아 대장경판을 만들기 시작한 것이다. 이는 그들의 애국심에 불심이 더해져 가능했다고 본다.

세계기록유산〈팔만대장경〉이 보관되어 있는 세계문화유산 대장경판전을 향해 1,200여 년의 고찰 해인사 일주문을 들어섰다. 왠지 내가 고려인도 아니면서 어깨가 으쓱해진다. 고려인이 바로 우리들의 선조였음에 그런가 보다. 국보 제52호로 지정된 대장경판을 만나보기 위해 고목이 죽 늘어선 길을 따라 올라갔다. 그런데 고사목이 먼저 내 발길을 잡는다. 수령이 꽤 높아 보이는 고사목이다. 나무의 이력을 읽어 보니 1,200여 년의 생을 살다가 1945년에 수령을 다해 고사한 나무다. 커다란 둥치가 해인사의 오랜 역사를 말해주고 있다.

이 나무는 고려도 아닌 신라시대의 역사도 품고 있다. 서기 802년 10월 16일 신라 제40대 왕이었던 애장왕 3년, 순응과 이정이라는 두 스님의 기도로 애장왕후의 난치병이 완치되었다. 왕은 이 은덕에 감사하며 두 스님이 수행하던 자리에 현재의 해인사를 창건할 수 있도록 하였다. 그 기념으로 심었다는 느티나무다. 이 느티나무는 해인사의 창건을 지켜보았고, 천 년 이상을 함께하다 고사하고 말았다.

천년고찰 해인사에는 이 나무와 달리 살아 있는 천년고목이 있다. 신라 말기의 문장가이자 학자였던 고운 최치원(857~?)과 인연이 있는 나무다. 대장경판전의 왼쪽 언덕 아래에 학사대學士臺가 있는데 그곳에 전나무 한 그루가 서 있다. 학사대는 최치원이 만년에 가야산에 은거하면서 시서詩書에 몰입하던 곳이다. 이곳에서 최치원이 가야금을 연주할 때 수많은 학이 날아와 경청했다고 한다. 학들이 관객이 되었다는 이야기가 숨어 있는 곳이다. 당시 그가 거꾸로 꽂아둔 전나무 지팡이가 살아나 천년 고목이 되었다고 전한다. 이를 증명이라도 하듯 그 전나무의 가지가 지팡이의 모습처럼 아래를 향해 처져 있다.

학사대 위쪽에 〈팔만대장경〉이 보관되어 있는 대장경판전이 있다. 해인사의 가장 위쪽에 자리해 있다. 원래 팔만대장경판은 강화도에서 만들어져 선원사에 보관되어 있었다. 그 후 1398년(조선 건국왕 태조 9년)에 한양의 지천사로 옮겼다가 이듬해 경남 합천의 해인사로 옮겨 와 호국신앙의 요람이 되었다. 조선 제7대 왕 세조 때 장경각을 확장 개수하였으며 그 후에도 화재로 인해 여러 번 중건을 거듭했다.

대장경판전은 전에 찾았을 때와 달리 경비도 삼엄해 보이고 무인카메라도 곳곳에 설치되어 있다. 모두 4개의 판전에 〈팔만대장경〉이 보관되어 있는데 가까이 다가가 들여다보거나 둘러볼 수도 없다. 이곳은 서남향을 하고 있어 일조량이 적당하고 통풍과 습기 억제를 위해 과학적으로 설계가 되었다. 알려진 대로 바람도 솔솔 불고, 자연 환경적으로도 최적지인 듯하다.

팔만대장경판을 문살 틈으로 살짝 들여다보고 그들이 보관되어 있는 수다라전과 법보전, 그리고 두 전각 사이에 있는 동사간전과 서사간전을 뒤로 하고 해인사 대적광전 쪽으로 내려왔다. 추사 김정희 선생이 쓴 '八萬大藏經(팔만대장경)'이란 현판이 걸려 있는 문을 통해 조금은 가파른 계단을 내려왔다. 가야산으로부터 불어오는 청량한 바람에 대적광전의 풍경들과 정중삼층석탑의 풍경들이 곱디고운 소리로 풍경 합주회를 열어주어 내 눈과 귀를 즐겁게 해주었다. 파란 하늘에 하얀 뭉게구름도 두리둥실 떠가며 한 폭의 풍경화를 그려놓고 있다.

가야산 700m 중턱에 자리한 해인사! 세계문화유산이 생생하게 숨 쉬고 있는 해인사는 언제 찾아와도 기분 좋은 곳이다. 이곳은 조선 후기에 일곱 차례나 불이 나 중건을 거듭했으나 신기하게도 다른 전각들은 모두 불에 탔으나 〈팔만대장경〉이 보관된 대장경판전에는 불길이 미치지 않았다고 한다. 이는 고려인들의 간절한 불심과 애국심이 대장경판에 녹아 들어있기 때문이 아닐까 싶다. 그 불심과 애국심은 영원할 것이다. 어느 때보다 나라의 소중함을 절실히 깨닫게 해주는 〈팔만대장경〉이다.

청령포는
마냥
슬프다

1457년 음력 6월 22일, 창덕궁을 출발하여 7일 만인 음력 6월 28일 강원도 영월 청령포에 17세의 소년, 조선 제6대 왕 단종이 도착하였다. 190.9km나 되는 거리를 그것도 한여름에 강을 건너고, 산을 넘으면서 자신의 유배지를 향했다. 윤 6월이니 얼마나 더웠을지는 물어보나 마나이다. 온몸에 땀이 줄줄 흘렀을 것이고, 눈에서는 눈물이 줄줄 흘렀을 것이다.

　단종의 유배지 청령포를 안양의 집에서 178.6km를 달려서 갔다. 단종보다야 12.3km정도 짧은 거리에서 출발했지만 한나절도 안 되는 2시간 남짓 걸려 찾아갔다. 단종처럼 배나 말을 타지 않고 잘 닦여진 길을 따라 자동차로 달렸다. 청령포 입구 선착장에 도착하니 배가 기다리고 있었다. 정해진 시간에 청령포를 오가는 것 같지는 않았다. 어느 정도 인원이 차야만 강을 건넜다.

탑승한 지 5분가량 걸려 목적지인 청령포에 도착했다. 육지이건만 섬처럼 느껴지는 곳이 바로 청령포다. 그런데 내가 찾아간 날이 공교롭게도 음력으로 단종이 도착한 날과 같은 6월 28일이었다. 정말 햇볕은 쨍쨍, 모래알은 반짝거렸다. 해는 559년이나 흘렀지만 여전히 배를 타야만 청령포에 들어갈 수 있다.

더운 날씨 때문인지 관람객은 많지 않았다. 전에도 두 번인가 와 보았으나 올 때마다 가슴이 먹먹해지는 것은 마찬가지다. 말끔하게 주변을 정리하고 어소 등을 개보수하여 유배지가 아닌 별장 같은 느낌마저 들었다.

단종이 유배 올 당시 이곳은 짐승이 사는 정글 같았다고 한다. 천혜의 감옥은 감옥이다. 배를 띄우지 않으면 육지로 나갈 수 없기 때문이다. 삼면은 강으로 둘러져 있고, 한 면은 험한 산이 막고 있기 때문이다. 이곳은 남한강의 상류에 자리한 지류로 서강이 곡류하고 있다. 10년 전 태풍이 몰아치고 큰 비가 내렸을 때 어소까지 서강의 물이 범람했단다.

단종도 이곳 청령포로 유배 온 지 2개월 정도 되었을 때 어소까지 물이 범람해 이곳을 떠나 영월 읍내에 있는 관풍헌으로 몸을 피했다. 그리고 보면 청령포에서 단종은 오래 있지는 않았다. 그러면 무엇하랴. 관풍헌에 나가 지낸지 2개월 만에 왕위를 빼앗은 숙부 세조가 내린 사약을 먹고 10월 24일 세상을 떠나고 만 것을…….

청령포에는 단종의 슬픔이 아직도 가득 배어 있다. 단종이 거처했던 어소와 단종을 따라온 궁녀와 관노가 생활하던 행랑채, 그리고 비각이 자리해 있다. 비각은 원래의 어소 자리에 세워져 있다. 비각 안 비석에는 조선 제21대 왕 영조의 친필 글씨가 앞면에 '단묘재본부시유지端廟在本府時遺址'라고 씌어져 있다. 뒷면에는 '영조 39년 계미년 가을 울면서 받들어 쓰고 어명에 의하여 원주 감영에서 세웠다. 지명은 청령포이다.'라고 기록되어 있다.

1763년 영조가 단종이 머물렀던 집터를 표시하고 그곳에 비석을 세웠다. 그뿐 아니라 영조는 '임금이 머물던 곳이니 일반 백성의 출입을 금한다.'는 금표비禁標碑를 세우게 했다. 영월부사 윤양래가 영조의 윤허를 받아 세운 이 비석의 앞면에는 '청령포금표淸冷浦禁標'라고 쓰여 있고, 뒷면에는

'동서삼백척 남북사백구십척 차후니생역재당금東西三百尺 南北
四百九十尺 此後泥生亦在當禁'이라고 한자로 새겨져 있다. 이는 동
서로 300척, 남북으로 490척과 이후에 진흙이 쌓여 생기는
곳도 금지한다.'는 내용이다. 이 금표비는 단종이 살해된 지
269년 되었을 때인 1726년(영조 2년)에 세워졌다.

청령포에는 단종과 함께 반갑게 맞아주는 솔숲이 있다.
현재 700여 그루가 모여 청령포의 주인으로 살고 있다. 그
소나무들 중 단종의 슬픔을 바로 보고, 오열하는 소리도 바
로 들었던 소나무가 우뚝 서 있다. 단종이 그곳을 찾았을 때
수령이 80년 정도 되었을 것으로 추정하여 이 소나무의 수령
을 600년쯤으로 보고 있다. 현재 이 소나무는 1988년 4월
30일 천연기념물 제349호로 제정되어 보호를 받고 있다. 단
종의 억울함을 참으로 가까이에서 지켜본 나무다. 단종의 비
참한 모습을 지켜보았고, 단종의 슬픈 소리를 들었다 하여
볼 관觀자에 소리 음音자를 써 관음송觀音松이라 부른다.

그 관음송이 단종의 기막힌 사정을 보고 들었으니 같이
목 놓아 울었을지도 모른다. 단종은 17세의 어린 나이에 사
사되었지만 이 관음송은 600년이 넘도록 그 자리를 지키며
하늘을 향해 두 팔을 크게 벌리고 있다. 나무의 높이는 30m
가 넘으며 우리나라에서 자라고 있는 소나무 중 가장 키가 큰

나무라고 한다. 나무의 지상 1.2m 정도에서 줄기가 두 개로 갈라져 마치 학의 날개처럼 퍼져 있다. 자유롭지 못한 삶을 살다가 살해된 단종의 삶을 대신하고 있는 모양이다. 단종의 짧은 인생을 이 관음송이 이어 살면서 천년만년 단종의 억울함을 잊지 말라는 것만 같다. 바라보면 볼수록 마냥 슬픈 나무다. 이 관음송에 걸터앉아 슬픔을 억눌렀을 단종을 생각하니 그보다 더 슬픈 인생이 또 있을까 싶다.

어소 앞의 소나무는 90도 각도로 담장까지 넘어가 예의를 표하고 있다. 그 주변의 소나무들도 단종의 어소를 향해 모두 머리를 숙이고 있다. 햇볕을 쬐기 위함이 아니다. 단종의 억울한 죽음을 이곳의 소나무들이 애도하고 있는 것이다. 단종의 애사는 산천초목이 울 일이 아닌가. 새소리, 풀벌레 소리마저 슬프다.

솔숲을 지나 산책길로 들어섰다. 그 길에는 단종이 노산군으로 강봉되어 이곳에 머무는 동안 자주 찾았던 흔적이 남아있다. 해질 무렵 시름에 잠기던 노산대가 있고, 좀 위쪽에 한양을 바라보며 부인 정순왕후 송씨를 그리워하면서 쌓은 망향탑이 있다. 노산대에서 아래를 바라보면 깎아지른 듯한 절벽이 아찔하다.

단종은 청령포에서 홍수로 인해 2개월 정도 만에 영월부의 객사인 관풍헌으로 옮겨 있다가 금부도사 왕방연이 갖고 온 사약을 먹고 사사되었다. 왕방연은 단종을 청령포 유배지까지 호송을 맡았던 사람이다.

　그는 단종이 사사된 후 한양으로 돌아가면서 단종의 유배지 청령포를 바라보며 애달픈 마음 가눌 길 없어 시조를 지어 읊조렸다. 청령포가 마주 보이는 강 언덕 솔밭 사이에 왕방연의 시조비가 세워져 있다. 그의 진심이 담긴 시조라 생각된다. 그 강 언덕에서 청령포를 바라보면 솔숲 사이로 어소와 행랑채가 보이고 우뚝 솟아 하늘을 향하고 있는 관음송이 보인다. 단종의 모습도 어른거린다.

　청령포의 관음송이 왠지 단종의 슬픈 인생을 증언해주고 있는 것 같아 바라볼수록 애처롭다. 아마 이 관음송은 단종의 한이 다 풀릴 때까지 그 자리를 지킬 것으로 보인다. 그러려면 천년을 넘어 만년까지 살아야 할지어다.

생명의 원천,
태실을 찾다

원래 역사는 꼬리에 꼬리를 물고 있어 그 꼬리를 자르긴 어렵다. 처음에는 왕과 왕비가 잠들어 있는 왕릉만 답사하려고 했다. 그런데 일이 점점 커져 정신없이 이곳저곳 답사에 많은 시간을 할애했다.

먼저 북한에 자리한 2기의 왕릉을 제외한 40기의 왕릉을 문화재청에 허락을 받아가며 일일이 찾아다녔다. 그 후에는 그들의 자녀들과 후궁들의 묘도 궁금해 답사를 이어갔고, 《조선왕조실록》에 족적을 많이 남긴 분들의 유적지도 답사를 하지 않을 수 없었다.

찾아가는 곳마다 설레고 흥미로웠다. 그러니 답사를 한 번만 다녀온 곳이 별로 없다. 왕릉 같은 경우는 열 번 이상을 다녀온 곳도 있다. 갈 때마다 색다르게 다가오기 때문이다. 아름다운 자연의 사계가 있어서 더 그랬다.

말하면 무엇 하랴. 그들이 태어나 살았거나 드나든 서울의 5대 궁궐과 종묘도 수시로 찾아갔다. 내 집처럼 익숙하게 드나들었다.

아이들은 내가 외출준비를 하면 또 무덤을 찾아 나서냐고 묻는다. 컴퓨터 앞에만 앉아도 "엄마, 또 무덤 보고 있지요?"라고 말한다. 그 정도로 몇 년째 찾아다녔고 사진을 엄청 찍어왔다. 그러니 이래저래 가족에게는 더없이 미안하다. 어쩌다 글 쓰는 사람이 되어 부모님께도 남편과 아이들한테도 다정다감하지 못했다. 앞으로도 자신이 없으니 할 말이 없다. 딸아이는 나를 불러놓고는 "응, 알았어, 알았어. 잘했어, 잘했어."라는 대답을 나대신 하고는 피식 웃곤 한다.

오늘은 무덤이 아닌 태실을 찾아 나섰다. 내가 태실을 처음 접한 곳은 창경원 뒤뜰에서다. 그 전까지는 왕실가족들의 태를 전국 명산을 찾아 묻었다는 사실을 제대로 알지 못했다. 창경궁에 자리해 있는 성종의 태실도 원래는 경기도 광주시 경안면 태전리에 있었는데 일제강점기 때 이곳으로 이봉하였다. 1928년 일본은 조선왕실의 태실 대부분을 서삼 릉으로 이봉하였는데 그중 연구용으로 활용하기 위해 형태가 가장 좋은 성종의 태실을 창경궁으로 옮겼다고 한다. 왕릉을 조성하는 데도 온 정성을 쏟았을 텐데 태실 조성까지 이처럼 온 정성을 쏟았으니 백성들의 삶과는 달라도 너무나 달랐음 을 확인하고 놀라지 않을 수 없다. 하늘과 땅 차이가 이만큼 이 아닐까 싶다.

나는 창경궁에서 성종의 태실을 보고 서삼릉의 비공개지 역에 자리해 있는 54기의 태실을 답사하기 위해 문화재청에 방문 신청하여 어렵게 답사를 하였다. 그런데 성종의 태실과 달리 다닥다닥 모여 있는 게 공동묘지를 연상케 했다. 보기 에도 흉하고 일제의 만행까지 떠올라 마음마저 착잡했다. 그 곳에 22기의 검은 오석과 32기의 하얀 화강암으로 태실 비 석을 만들어 세워놓았다.

그중 19명의 조선왕을 비롯한 추존왕 장조(사도세자), 의 민황태자(영친왕), 황세손 이구 등의 태실 비석이 오석이었고, 나머지는 대군을 비롯하여 군, 대원군, 세자, 세손, 공주, 옹주, 연산군의 생모 폐비 윤씨 등 32기의 태실비석이 화강 암이었다. 현재 그곳에 세워져 있는 태실 비석은 일제가 설 치해 놓은 것이고, 태항아리와 지석들은 보존처리 중이란다.

서삼릉 태실을 답사한 후 조선왕실 가족의 태실이 무려 19기나 모여 있는 〈세종대왕자태실지〉를 찾아 나섰다. 이곳은 태실이 원래의 자리에 그대로 보존되어 있는 곳이다. 한 왕의 가족 태실을 한 군데에 모아 설치한 곳은 이곳밖에 없다. 바로 조선 제4대 왕 세종의 18명의 아들과 그의 애손인 단종의 태실이 모여 있는 경북 성주의 선석산 산등성이다.

이곳 성주 〈세종대왕자태실지〉는 1438년(세종 20년)~1442년(세종 24년) 사이에 조성되었다. 세종의 아들 중 장남 문종의 태실만 없다. 문종이 다음 보위를 이을 왕세자였기 때문일 것이다. 그의 태실은 경북 예천군 상리면 명봉리에 있다. 단종의 태실도 왕이 되면서 이곳과 얼마 떨어지지 않은 태봉으로 옮겨 왕의 격에 맞는 석물을 갖추고 가봉비加封碑를 세웠다.

왕릉은 왕이 제례를 올리고 하루 안에 한양도성으로 돌아올 수 있도록 100리(40km) 안에 조성하도록 했다. 천장을 한 여주의 영·영릉과 유배지에서 살해된 단종의 장릉 빼고는 모두 그렇게 조성되었다.

왕릉과 달리 태실은 전국의 명당을 물색하여 안치하였다. 조선왕실의 태실은 무려 200여 개나 산재해 있었다고 한다. 그러나 현재 남아있는 곳은 몇 기가 안 된다. 그중 〈세종대왕자태실지〉는 원형이 잘 보존되고 있는 전국 최대 규모로 알려져 있다.

나는 〈세종대왕자태실지〉의 안내 표지판을 따라 소나무 숲이 우거진 돌계단을 올라갔다. 따뜻한 햇볕이 내리쬐는 곳으로 태실지가 아늑하다. 한양에서 이렇게 먼 땅으로 왕자들의 태가 이동하여 묻혀 있다는 게 놀라웠다. 어찌 이런 명당자리를 골라 태실을 조성했는지 기가 막힐 정도다. 선석산 258.2m의 태봉 정상 양지바른 곳에 자리해 있다.

세종은 왕비 소헌왕후 심씨 소생으로 8남, 후궁 소생으로 10남을 두어 조선의 왕 중 왕자를 가장 많이 낳았다. 공식적으로 18남을 두었다고 하는데 한 명이 더 있었나 보다. 바로 조선 후궁들 중 두 번째로 왕자를 많이 낳은 신빈 김씨의 아들 당이다. 아마 군호를 받기 전에 사망한 모양이다. 아무튼 이곳에는 장남인 문종을 제외한 왕세손 단종을 포함하여 19기의 태실을 조성했다.

태실지의 정면에서 오른쪽으로 세종의 차남인 수양대군(세조)과 3남 안평대군, 4남 임영대군, 5남 광평대군, 6남 금성대군, 7남 평원대군, 8남 영응대군과 왕세손 단종 등 8기의 태실이 나란히 줄을 맞추어 안치되어 있다. 그들의 맞은편으로 화의군, 계양군, 의창군, 한남군, 밀성군, 수춘군,

익현군, 영풍군, 영해군, 담양군, 당 등 11기의 태실 역시 나란히 줄을 맞추어 안치되어 있다.

그런데 3남인 안평대군과 6남인 금성대군, 그리고 화의 군, 한남군, 영풍군 등 5명 왕자들의 태실은 목이 날아가 있다. 안평대군은 비석마저 반토막이 나 있다. 참수를 당한 그들의 태실을 보니 갑자기 온몸이 오싹해진다. 이곳에 함께 있는 세조가 참수를 시킨 것이다. 세조는 그들을 살해한 것도 모자라 태실까지 참수를 시켜 기단석基壇石과 앙련仰蓮 위를 베어버렸다. 그런데 참수당한 삼촌들과 달리 단종의 태실은 말짱하다. 이상하다 싶었으나 문종이 왕위에 오르면서 자신의 아들인 단종의 태실을 이곳 선석산에서 가야산 자락 범림산으로 옮겼다고 한다. 그러면 무엇하랴. 옮긴 곳의 태실을 세조가 참수도 모자라 삶 자체를 산산조각 내버렸는데….

세조는 자신의 왕위찬탈에 반기를 들고 단종복위 운동을 벌인 5명의 동생들과 조카 단종을 살해하는 무시무시한 행동을 벌였다. 그들은 세조에게 태실만 참수당한 게 아니다. 세조는 그의 친동생인 안평대군과 금성대군의 묘조차 조성하지 못하게 하여 남아 있지 않다. 그런 무시무시한 행동을 자행한 세조의 태실은 아버지 세종이 조성해준 그 자리에 가봉비加封碑를 세우고 동생들과 함께 있다. 왕위는 찬탈했지만 태만이라도 피를 나눈 형제들 곁에 그대로 있고 싶었던 모양이다. 세조의 태실 뒤에는 거북모양으로 만든 비석의 받침돌 귀부龜趺에 가봉비가 세워져 있다. 왕이 되었기 때문이다.

태는 출산 후 깨끗이 씻은 다음 3일~7일 뒤 물과 향기로운 술로 다시 100번을 씻어 미리 준비해 놓은 태항아리에 넣은 뒤 봉안하고 기름종이와 파란 명주로 봉한 후 붉은 끈으로 밀봉해 겉 항아리에 다시 담았다. 그리고는 여러 의식을 거쳐 경건하게 태봉지를 향해 출발하여 태를 봉안하였다. 왕실 가족 중 왕세자의 태실은 석실을 만들고 비석과 금표를 세웠다. 그 후 국왕으로 즉위하면 원래 태실을, 태봉을 정해 이봉한 뒤 석물을 갖춘 다음 가봉비를 세웠다. 한편 국왕의 태실은 8명의 수호군사를 두어 관리하였으며 태산 주변은 금표로 접근을 막았다.

이번 주말엔 나의 태가 묻혀 있는 고향을 방문해야겠다. 나의 태는 할머니의 손에 의해 아버지에게 넘겨졌을 것이다. 할머니는 나와 내 동생들을 비롯하여 20명 가깝게 산부인과 의사 역할을 하신 분이다. 친손주 4명과 고모 네 분이 낳은 15명의 외손주를 받아내셨다. 내가 태어난 집에 부모님이 아직 살아계신다. 나의 태가 소중한 임무를 마치고 나와 함께 세상 밖으로 나왔을 것이다.

나는 고향집 건넛방에서 태어났다. 내 태는 싸리비로 깨끗이 쓸어놓은 마당 끝에 지펴놓은 왕겨 속에서 지글지글 태워진 뒤 뒷동산의 소나무밭 밑거름이 되었을 것이다. 강이 없었으니 태를 태운 재를 강물에 띄워 보낼 수는 없었을 것이다. 그러니 내 고향 뒷동산에 선조들의 태와 할아버지의 태가 뿌려졌고 아버지의 태, 고모 네 분의 태가 뿌려졌으며, 나와 3명의 동생들 태가 뿌려졌을 것이다.

고향산천이 왜 소중하고 자꾸만 눈에 밟히고 가고 싶은지 그 이유를 새삼 깨닫게 되었다. 그곳에 나의 태가 묻혀 있으니 어찌 눈에 밟히지 않겠는가. 왕실가족의 태만 소중한 게 아니다. 비록 왕실 가족들처럼 명당자리를 물색하여 태항아리에 곱게 싸 넣은 다음 태실에 안치하진 않았지만 나의 태역시 소중한 것이다. 나의 태도 내가 성장할 수 있도록 산소와 영양을 공급해준 생명의 원천이었다. 생명을 부여해준 그 태 덕분에 내가 세상 구경을 이리도 행복하게 잘 하고 있다. 끝이 없을 공부를 하면서 이 세상 어느 것 하나 소중하지 않은 게 없음을 깨달으며 살아가고 있다.

4부

우리들 인생이 바로 수필이다

나의
자화상을
쓰다

그림을 그리고 싶을 때가 있다. 형형색색의 물감을 풀어 도화지에 그림을 그리고 싶다. 초등학교 때부터 고등학교 때까지 그것도 미술시간에만 그림을 그릴 수 있었다. 그 이후로는 한 번도 그림을 그린 적이 없다.

　오늘처럼 비가 주룩주룩 내리는 날에는 왠지 그림이 그리고 싶어진다. 학창시절에도 그림 그리기를 싫어하진 않았다. 그림을 그려내면 교실 뒤편 게시판에 종종 걸렸다. 풍경화나 정물화 등을 주로 그렸는데 그런대로 흥미로웠다. 포스터는 최우수상을 받을 정도로 잘 그리는 편이었다. 일주일에

미술 과목이 들어 있는 요일이 별로 없어 많은 작품을 그리지는 않았던 것 같다.

고등학교 미술 시간에 자화상을 그린 적이 딱 한 번 있다. 지금 생각해 보아도 나랑 너무 닮게 그렸다. 네덜란드의 화가 렘브란트와 고흐가 그린 자화상보다야 훨씬 못하겠지만 내가 보았을 때 나의 자화상은 그런대로 괜찮았다. 사진을 보거나 거울에 비친 나를 보고 그리지 않았는데도 깜짝 놀랄 정도로 나를 닮았다. 하지만 자화상은 물론, 어떤 그림도 고등학교를 졸업한 후에는 그려보지 않았다. 대신 미술관을 찾아 미술작품 관람은 수시로 했다.

그림에 대해 아는 것도 없으면서 서울생활을 시작한 후 국전(대한민국미술전람회)이 열렸던 덕수궁미술관을 해마다 찾아다녔고, 과천국립현대미술관도 자주 찾았다. 또한 간송미술관을 비롯하여 소마미술관, 서울시립미술관, 석파정 서울미술관, 삼성미술관 리움, 대림미술관 등을 찾아 국내외 작가가 그린 그림을 감상했다. 특별전이 열리는 예술의전당이나 국립중앙박물관도 시간만 나면 기웃거렸다. 대리만족이 아니었나 싶다.

나는 나의 자화상을 검은색 단발머리에 짙은 눈썹, 조금은 날카롭게 보이는 코에 길고 작은 눈, 무덤덤한 입술에 목은 가늘고 길게 그렸다. 전신이 아닌 교복을 입은 상체만 그렸다. 15년 이상 거울을 통해 바라본 모습이니 쉽게 그려낼 수 있었던 모양이다.

만약 내가 지금 자화상을 그린다면 학창시절에 그린 자화상보다 그리기가 더 어려울 듯싶다. 왜냐하면 머리도 파마 머리에 색도 검은색이 아니고, 얼굴에 주름도 생겨났으며, 잡티도 생겼으니 그렇다. 거기에 안경까지 썼으니 그리기가 좀 복잡할 것 같다. 무엇보다 물감이 많이 들게 생겼다. 갈강 갈강했던 얼굴이 두둑하게 커졌으니 하는 말이다. 턱선도 샤프했는데 두둑해졌다. 이중으로 턱을 그려내야 할 것이다.

아무리 생각해 보아도 이제는 내가 나의 자화상을 그리기는 어렵다. 그동안 나는 그림 대신 30년 가깝게 수필로 나를 그렸다. 수필로 나의 자화상을 헤아릴 수 없을 정도로 그려냈다. 그중 감동을 주는 자화상도 있었을 테고, 별 관심을 끌지 못한 자화상도 있었을 것이다. 감동을 주는 자화상을 그려내려면 나의 삶이 감동을 주는 삶이 펼쳐져야 하는데 그러지 못했으니 그렇다.

나는 시인 중에는 윤동주 시인을 좋아한다. 그의 시 중에 〈서시〉도 좋아하고 〈자화상〉도 좋아한다. 〈서시〉도 그렇지만 〈자화상〉에는 윤동주 시인의 마음이 아주 잘 그려져 있다. 그러니 시 제목도 〈자화상〉이 아니겠는가.

　윤동주 시인은 자신의 마음을 〈자화상〉에 그대로 그려 넣었다. 그는 우물을 찾아가 그 속에 비치는 자신의 얼굴을 들여다보다가 식민지 현실에 안주하는 자신이 미워져 돌아간다. 그런 자신이 가엾어 다시 돌아와 우물 속에 비치는 자신의 얼굴을 가만히 들여다본다. 그러다 다시 자신이 미워져 돌아간다. 그랬지만 돌아가다 생각하니 자신이 그리워져 세 번째 그 외딴 우물을 찾아간다. 그러나 그는 자신이 또다시 미워졌을 것이다. 어쩌면 윤동주 시인은 우물 속 풍경처럼 살고 싶어 그대로 풍덩 빠지고 싶었을지도 모른다. 자신의 내면과 달리 우물 속의 풍경은 밝고, 평화롭게 느껴졌을 테니까.

　윤동주 시인이 시로 그려낸 〈자화상〉은 그의 갈등과 자아성찰이 그대로 담겨 있어 가슴을 뭉클하게 한다. 우물 속을 들여다보고 돌아갔다가 다시 돌아오기를 세 번씩이나 한 것을 보아도 그의 마음을 그대로 읽어낼 수 있다. 식민지 현실에 안주하는 자신의 소심한 모습이 밉고 가엾지만 우물 속의 달과 구름과 하늘과 바람과 함께 있는 자신의 모습은 평화롭고 밝아 보였을지도 모른다. 아니, 그런 자연 속에서 자신도 함께 평화롭고 밝게 살아갈 수 있기를 바랐을 것이다.

이처럼 자화상은 그림으로만 그려낼 수 있는 게 아니다. 시로서도 충분히 그려낼 수 있다. 오히려 생명력이 있어 그림보다 더 큰 감동을 불러일으킬 수도 있다. 시인들뿐만 아니라 수필가는 수필가대로, 소설가는 소설가대로, 동화작가는 동화작가대로 얼마든지 자화상을 수필로, 소설로, 동화로 그려낼 수 있다.

나 역시 수필로 자화상을 수없이 그려냈다. 그동안 내가 써서 발표한 수필은 모두가 나의 자화상이다. 문제는 나의 자화상을 읽고 나를 기억하는 독자가 과연 몇 명이나 있을지 그것이 궁금하다. 내가 또렷이 기억하는 고흐나 렘브란트, 그리고 조선시대 문신이자 화가였던 공재恭齋 윤두서가 상체도 없이 그린 자화상처럼 누군가의 가슴 속에 또렷이 기억되는 나를 그려낸 나의 수필이 있었으면 좋겠다는 욕심이 생긴다. 해외까지 찾아가 특별전을 여는 명작은 아니더라도 내가 나를 만나면서 스스로가 밉거나 가엾진 않았으면 좋겠다. 그래도 내가 나를 그리워하는 것은 괜찮지 않을까.

어느
할머니의
기도

큰 법당 안을 들여다보니 부처님께 절을 올리는 사람들이 북적인다. 그들의 모습에서 간절함이 배어 나온다. 합장한 채 법당 마당에 우뚝 서 있는 국보 제48호인 팔각구층석탑을 도는 사람들도 있다. 그들의 간절함에 답이라도 하듯 법당 추녀 끝에 매달린 풍경과 팔각구층석탑에 매달린 풍경들이 은은하게 산사에 울려 퍼진다.

아직은 봄이다. 5월 초이니 여름이 오려면 더 있어야 한다. 그런데 뻐꾸기가 오대산자락에서 여름 노래를 부르고 있다. 내가 살고 있는 수리산자락에서는 소쩍새의 봄노래가 한

창인데 말이다. 낮 최고 기온이 30도에 가까워지니 그런가 보다. 그래도 뻐꾸기가 반갑다.

월정사에서 마음을 고요히 하고 상원사로 향했다. 그곳에서 우리나라의 동종 중 가장 오랜 역사를 품고 있는 국보 제36호인 동종과 사진도 찍고, 맑은 공기를 들이쉬며 잠시 머물렀다. 이 동종 역시 몸값이 비싼 탓일까. 유리관 안에 모셔져 있다. 원래 이 동종의 고향은 경북 안동이라고 한다. 그런데 어떻게 이 깊고 깊은 산 속으로 옮겨왔는지 궁금하다. 이 무거운 동종을 옮겨오느라 '누군가 희생을 많이 했겠구나.' 하는 생각이 든다. 1,500년이나 된 이 동종은 신라 경덕왕 24년(725년)에 조성하여 조선 예종 원년(1469년)에 상원사로 옮겨졌다.

월정사와 상원사 주변에는 동종만큼은 아니지만 나이 많은 나무들이 즐비하다. 나무의 둘레가 몇 사람이 끌어안을 만큼의 큰 나무도 있다. 상원사에서 걸어 내려오는데 할머니 한 분이 커다란 전나무를 부둥켜안고 한동안 계셨다. 등이 굽은 할머니에게서 간절함이 배어 나온다. 할머니는 부둥켜안았던 나무를 천천히 돌면서 혼잣말로 중얼중얼한다. 누군가를 위해 소원을 비는 모양이다.

그 할머니는 나의 어머니처럼 자신의 무병장수보다 자식

의 편안함을 빌었을 것이다. 할머니를 보는 순간 바로 어머니가 생각났다. 굽은 허리까지 비슷해서 더 그랬다. 지금도 어머니는 시월 상달과 정월 대보름이면 정화수井華水 한 사발을 시루떡과 함께 이곳저곳에 놓으신다. 살아생전 할머니가 하시던 것을 따라하고 계신다. 지금이 어느 시대인데 싶지만 물끄러미 그런 어머니를 바라볼 수밖에 없다. 어머니 역시 언제나 자식들을 위해 소원을 비는 것이다.

커다란 전나무를 부둥켜안고 계시던 그 할머니는 좀처럼 나무 곁을 떠나지 못한다. 영락없는 나의 어머니 모습이다. 그 커다란 나무를 부둥켜안고 간신히 그 나무를 한 바퀴 돌고도 아쉬움이 남는 모양이다.

나의 어머니는 4남매를 낳으셨다. 모두 효자·효녀가 되었으면 좋으련만 그렇지 못했다. 어머니의 가슴을 아프게 하는 자식이 있다. 그로 인해 어머니의 몸과 마음은 급속도로 쇄락했다. 어머니의 끝없는 사랑이 동생들의 자립을 오히려 늦추었다. 그 모습을 보면서 맏딸인 나는 늘 마음이 아팠다. 아니 슬펐다.

어느덧 어머니의 연세가 너무 높아졌다. 90세가 그야말로 내일모레다. 그런데도 여전히 자식들 걱정에 잠 못 이루신다. 결혼시켜 아파트에, 자동차까지 사주고 세간을 내주었으면 그렇게까지 신경 쓰지 않아도 될 일이다. 막내 동생이 결혼한 지 30년이 다 되었다. 그러니 4남매 모두 AS기간이 끝나도 이미 끝난 셈이다. 그런데도 무료서비스를 계속하고 계시니 문제다. 말하면 무엇 하겠는가. 4남매에게 김장은 물론 김치를 수시로 해다 바친다. 어머니의 자식에 대한 유효기간은 언제 끝나게 될지 가슴이 먹먹하다. 아마 세상을 뜨신 뒤에도 영원할 것이다.

상원사를 내려오는 길에 우뚝 서 있는 커다란 전나무를 부둥켜안고 뭔가를 간절히 빌었던 그 할머니의 소원이 이루어지길 빌어본다. 그 할머니의 온기가 남아 있는 커다란 나무를 부둥켜안고 나도 소원을 빌어본다. 그런데 빌어줄 사람들이 참 많다. 그래서 요즘은 그냥 소원 멘트를 "우리 가족 모두 행복하게 해주세요."라고 한다. 우리 가족의 범위에는 어머니와 아버지, 남편과 아들딸, 사위와 며느리, 손녀 그리고 동생들까지 포함한다. 그들 중 누구라도 탈이 나면 행복할 리 없다. 자신만을 위해 소원을 빌지 않았을 나의 어머니처럼 나도 나만을 위해 소원을 빈 적은 없다. 항상 부모님과 내 자식들의 평안을 빌었다. 그리고 잘 풀리지 않아 어머니의 속을 무지 썩인 동생들을 위해서도 빌었다. 그래야 어머니가 행복하실 테니까.

유명한 산이나 사찰을 찾을 때면 주변에 소원이 깃들어 있는 돌들이 무더기로 쌓여 탑을 이루고 있는 것을 볼 수 있다. 그런 돌탑을 만나면 나도 어김없이 돌을 주워 소원을 담아 돌탑에 올려놓는다. 다른 사람들이 올려놓은 소원돌이 떨어지지 않게 조심조심 나의 소원돌을 올려놓는다. 어디를 가나 세상 사람들 누구나 소원을 빌고 싶은 것을 알 수 있다. 해외여행을 가도 소원을 비는 데가 어느 나라든 있다. 나도 줄이 길어도 끝까지 서서 기다리다가 소원을 빌곤 한다. 언제 또 그 나라에 가겠나 싶어 더 그랬다.

　　오늘 어느 할머니 덕분에 나도 오랜만에 소원을 빌었다. 어떤 곳은 한 가지 소원만 빌어야 들어준다고 하는 곳이 있다. 그럴 때는 막막하다. 나의 소원이 하나일 때가 없기 때문이다. 그리고 한 사람만을 위해 빌 수가 없다. 한 사람을 빌고 나면 또 다른 사람이 마음에 걸리기 때문이다. 그러니 그냥 우리 가족 모두를 위해 빌 수밖에 없다. 앞으로도 나는 "우리 가족 모두 행복하게 해 주세요."라고 빌 테다.

다 잘 할 수는
없다

미술관 입구에는 하얀 공작새가 관람객을 맞는다. 내가 이곳 미술관을 찾을 때마다 날개를 활짝 펴고 반긴다. 하지만 두 마리가 좁은 새장 안에 갇혀있는 게 늘 안타깝다. 아름다운 자태를 선물 받은 탓일까? 참새나 까치, 비둘기처럼 자유롭게 자연 속을 날아다닐 수도 없다. 평범한 모습으로 태어나지 못해 자유를 빼앗긴 모양이다.

　한 마리의 공작새가 날개를 활짝 폈으나 꼼짝 못하고 있다. 날개를 펴지 못한 다른 한 마리도 구석에서 정지된 모습으로 괴성만 지르고 있다. 공작새는 아름다운 자태를 선물

받은 대신 자유는 물론 꾀꼬리 같은 목소리도 부여받지 못했다. 힘이 센 호랑이나 사자에게 뿔을 달아주지 않은 것도 뿔이 있는 사슴이나 코뿔소, 버펄로 등에게 앞 윗니와 송곳니를 부여하지 않은 것도 같은 맥락일 것이다. 조물주가 모든 것들에게 완벽함을 주었을 리 없다. 세상은 이처럼 공평한 것이다.

어디 동식물만 겸손하게 살아가라고 그랬겠는가. 사람도 예외가 아니다. 사람은 태어난 뒤 가만히 누워 있다가 날이 가고 달이 가면서 뒤집고, 기고, 서고, 걷고, 뛰게 된다. 1년 동안 이 모든 것을 해내는 경우가 대부분이다. 이런 고속 질주는 조물주의 도움 없이는 불가능한 일이다. 이런 과정을 보면서 감사에 감사를 드려야 함이 마땅하다. 남들이 다하는 일이니 당연한 듯 생각하고 욕심을 더 내어서는 안 된다. 이는 경솔함이요 겸손하지 못한 행동이다. 사람에게 날개가 없는 이유가 다 있는 것이다.

그동안 하는 일이 잘 풀려 기분 좋게 살아갈 때는 자신이 훌륭하기 때문이라고 생각할지도 모른다. 그러나 어느 경지까지 올라갔을 때는 더 욕심을 부려서는 안 된다. 초심을 잊지 말아야 한다. 겸손해질 필요가 있다는 말이다. 살아가면서 겸손이 왜 중요한지를 거듭거듭 느끼게 된다. 속상한 일이 생길 때 삶을 돌아보면 정답은 금세 나온다. 겸손하지 못해 생긴 일이기 때문이다.

사람은 세상을 떠나기 전 누구나 겸손을 배우게 되는 모양이다. 나이가 들면서 여기저기 고장이 나니 그럴 수밖에 없다. 사람들마다 고장 나는 부위가 다 다르지만 어느 정도 나이가 많아지면 비슷해지지 않나 싶다. 그때가 되면 건강했던 지난날이 고마울 것이다. 누군가를 미워하는 것도 건강할 때 얘기다. 기력이 쇠하여 누워있을 때 벌떡 일어나 못다 이룬 꿈을 이루고, 먹고 싶은 것을 먹고, 가고 싶은 곳에 가고 싶겠지만 그게 마음대로 되는 일이 아니니 그렇다.

'칭찬은 고래도 춤추게 한다'라는 말이 있지만 겸손할 줄 모르는 사람에게는 칭찬보다는 채찍이 더 필요하다. 내 경우만 보더라도 그렇다. 글을 쓰면서, 책을 내면서 칭찬을 들었을 때는 별로 기억에 남아있지 않는데 채찍은 기억에 생생하게 남아 있다. 그래서 노력을 거듭하게 된다. 예나 지금이나 내가 쓴 글이라든가 책이 마음에 쏙 든 적은 없다. 글을 발표할 때마다 긴장이 되고 걱정이 앞선다. 글쓰기가 세월이 가면 갈수록 쉬워지는 게 아니라 점점 더 조심스럽고 어렵게 느껴진다.

젊어서는 산에 오르는 것을 아주 좋아했다. 등산대회에

나갈 정도로 산이 좋았다. 산은 무엇보다 인생을 배우게 한다. 산을 오르며 힘이 드는 것처럼 인생도 그러함을 배우게 된다. 정상까지 오르기 위해 얼마나 많은 땀을 흘리고 힘이 드는지를 가르쳐 준다. 인생도 마찬가지다. 어디까지 올라가야 정상인지는 모르겠지만 성공한 사람들의 이야기를 들어보면 높은 산을 오르는 것 이상으로 고생했음을 알 수 있다.

지난 봄, 정말 오랜만에 등산을 했다. 내가 젊었을 때 자주 올랐던 설악산에 올랐다. 울산바위를 좋아해 숙소도 늘 울산바위 뒤태가 마주 보이는 곳에 예약해 거기서 묵는다.

그날은 권금성에 올라 앞태를 마주했을 뿐 울산바위에 오르진 못했다. 울산바위에는 여러 가지 전설이 있다. 태초에 울산바위는 금강산에서 열리는 바위 콘테스트에 참여하기 위해 올라가다가 힘이 들어 잠시 설악산에서 1박하고 금강산에 도착했단다. 하지만 전국에서 몰려온 바위들이 이미 금강산 일만 이천 봉을 가득 채워 비집고 들어갈 틈이 없었다. 다시 되돌아가게 된 울산바위는 1박을 묵었던 설악산의 그 자리에 그만 주저앉게 되었다. 나는 왠지 이 그럴듯한 전설이 맘에 들었다.

생각해보면 울산바위도 겸손하지 못해 금강산에 자리를 차지하지 못한 게 아닌가 싶다. 설마 내 자리 하나 없을라고 하면서 설악산에서 여유를 부리며 묵은 건 아닐까. 어찌 되었거나 설악산을 찾을 때마다 금강산에 이 울산바위를 빼앗기지 않은 게 천만다행이라 생각한다.

2005년 광복 60주년이 되는 해에 나는 운 좋게 금강산을 다녀왔다. 솔직히 그 이후로 설악산에 소홀했던 것도 사실이다. 그런데 생각해보면 금강산이 우리나라 설악산보다 높고 커서 그렇지 설악산도 아기자기한 게 나름 아름답다. 그중 나는 울산바위가 가장 아름답다고 생각한다. 금강산에는 울산바위처럼 둥글둥글 푸근해 보이는 바위는 없었다. 뾰족뾰족 까칠하게 보이는 바위들만 키 재기를 하듯 하늘을 향해 솟구쳐 있을 뿐이었다. 내가 금강산에 왔다는 것에 대한 설렘보다 몸과 마음이 여유롭지 못하고 그때 그 겨울날씨처럼 움츠러들기만 했다. 곳곳에 감시요원들이 있어서 더 그랬을 것이다.

옛날을 생각해보았자 소용없는 일이지만 젊어서 몸에 살이 별로 없었을 때 나는 산을 뛰듯이 올랐다. 중학교 때 육상선수 생활을 하면서 학교 뒷동산을 밥 먹듯 뛰어다닌 습관이 남아 있어 그런지 땀도 흘리지 않고 잘 올라갔다. 그런데 지금은 몸이 엄청 불어나 등산객들에게 계속 길을 내주며 올라가야만 한다. 가파른 계단을 오를 때는 20계단도 오르지 못하고 쉬고 또 쉬기를 반복해야만 했다. 계절과 달리 내 몸은 봄이 아니었다. 등산을 하면서 겸손하지 못하고 잘난 척 꽤나 했던 젊은 시절을 반성해야만 했다.

이처럼 내가 오르고자 하는 목표지점까지 오르려면 힘이 드는 일이다. 아직도 내가 이루고자 하는 일이 멀리 있어 보인다. 읽을 책도 너무나 많고, 쓸 이야기도 너무나 많으니 그렇다. 무슨 큰 목표가 뚜렷하고 구체적인 것은 아니다. 그냥 글 쓰는 게 좋고, 책을 읽는 게 좋고, 공부하는 게 좋다. 동네 도서관을 찾고, 서울을 찾아 이 박물관, 저 박물관의 강의를 듣느라 바쁘다. 지금까지 그래왔듯 나는 이대로 항상 바쁘게 살아갈 수밖에 없어 보인다.

설악산에 오르면서 그렇게 힘들어 헐떡거렸듯 내 인생도 그러리라고 본다. 산이나 인생이나 정상에 쉽게 오를 리 없기 때문이다. 올라가는 게 힘들지 내려오는 것은 순식간이다. 설악산을 오를 때는 열 번 이상을 쉬었는데 내려올 때는 한 번도 쉬지 않고 내려온 것만 봐도 알 수 있다. 올라가는 것보다 내려오는 게 이처럼 쉬운 것이다.

내가 새장에 갇힌 공작이 아닌 게 얼마나 다행인가. 오늘 나의 부족함은 겸손이 뭔지 깨닫게 해주기 위함이다. 공작이 자태는 아름답지만 목소리는 정말 아니듯 이것저것 다 갖추

고 다 잘 할 수는 없다. 찾아보면 분명 나도 괜찮은 게 하나
쯤은 있을 것이다. 지금 이 순간부터 감사한 마음으로 겸손
하게 살아가야겠다.

그녀가
나를 보고
웃는다

나와 같은 포즈로 한 여인이 누워 있다. 가장 긴 시간을 나와 함께 지내는 여인이다. 그 여인은 2014년 우리 집에 들어왔다. 남편의 회갑 선물로 받았다. 그런데 남편보다 나와 지내는 시간이 대부분이다. 남편은 별로 그 여인에게 관심이 없다. 내가 더 좋아하고 수시로 눈맞춤을 한다. 마냥 바라만 봐도 싫지 않다. 그 여인이 우리 집에 들어온 이후 나는 그녀를 극진히 대한다.

그 여인을 보고 있노라면 사찰에 있는 와불臥佛이 생각난다. 그렇다고 그녀가 와불은 아니다. 부처가 아닌 여인의 모습이다. 그래서 나는 그녀에게 〈생각하는 여인상〉이란 이름을 붙였다. 정말 이 여인은 남편이 선물로 받았지만 내 맘에 쏙 든다. 간절히 갖고 싶어 했던 조각상이기에 그렇다.

브라질 출신 작가 파울로 코엘료는 그의 저서 《연금술사》에서 "자네가 뭔가를 간절히 원할 때 온 우주는 자네의 소원이 실현되도록 도와준다네."라는 글을 남겼다. 나는 그 글에 공감이 간다. 소원이 실현되도록 온 우주가 도와준다는데 못 이룰 게 뭐가 있을까 싶다. 그러니 《연금술사》에 나오는 그 글을 옮겨 쓴 뒤 코팅하여 대학입시생들과 학부형들에게 선물처럼 나누어 주곤 했다.

나는 종교를 갖고 있지 않으나 불교 조각품 중 반가사유상을 좋아한다. 그중 국보 제83호와 제78호를 유난히 좋아한다. 국립중앙박물관을 찾을 때면 그들을 꼭 만나고 돌아온다. 그들을 만나볼 때면 항상 뭔가를 생각하게 된다. 그런 게 좋아 그와 비슷한 조각품을 구입해 집에 놓고 싶어 했다. 생각에 잠기는 것만큼 기쁜 일은 없기 때문이다.

그런데 나의 소원이 이루어졌다. 너무 반갑고 기뻤다. 딸의 시아버지이자 화가이면서 조각가이신 홍낙기 작가께서 남편의 회갑 선물로 〈생각하는 여인상〉을 주었기 때문이다.

그 여인은 지난해 딸아이가 결혼하면서 우리 가족과 동

거하고 있다. 거실의 소파 맞은편에 편안한 자세로 누워 있다. 반가사유상처럼 앉아있는 게 아니라 옆으로 누워 있다. 반가사유상처럼 왼발은 내리고, 오른발은 왼발 무릎 위에 올리고, 대좌 위에 걸터앉아 오른쪽 팔꿈치로 오른발 무릎을 짚고, 손가락으로 오른쪽 뺨을 고이고, 깊은 생각에 잠긴 자세를 취하고 있진 않다. 금동으로 만든 불상의 모습도 아니다. 그 여인은 오른쪽 손으로 머리를 받치고 옆으로 비스듬히 누워 오른쪽 다리는 무릎을 접고, 그 다리 위에 왼쪽 손을 올리고, 왼쪽 다리는 무릎을 세우고 아주 편안한 자세를 취하고 있다.

그 여인의 모습이 바로 집에 있을 때 나의 모습이다. 소파를 사랑하는 내가 누우면 바로 그 여인의 모습을 취하게 된다. 나와 대각선으로 하루도 빠짐없이 마주하고 있으니 정이 듬뿍 들 수밖에 없다.

삼국시대 전반쯤인 7세기에 태어난 〈반가사유상〉도 19세기에 태어난 로댕의 〈생각하는 사람〉도 21세기에 태어난 홍낙기 작가의 〈생각하는 여인상〉도 나를 생각하게 만드는 것은 마찬가지다. 그들과 마주하면 왠지 뭐든 생각해 내야 할 것만 같다. 그냥 생각하는 내가 된다. 그리고 글이 쓰고 싶어진다.

그동안 너무 바삐 나를 데리고 살아왔다. 미안할 정도로 단거리 선수처럼 내달렸다. 인생은 마라톤이라는 말에 반기를 든 사람이 나였다. 그러니 신중하게 생각하지 않고 일을 처리한 것도 많았을 것이다. 생각에 생각을 거듭하다 보면 화를 낼 일도 이해 못할 일도 없음을 알면서도 돌이켜 생각하는 것에 인색했다. 그랬으니 나로 인해 상처받은 사람도 분명 있을 것이다. 생각이 못 미쳐 잘못했을 것으로 본다. 미안하고 또 미안할 뿐이다.

오늘도 나는 내가 사랑하는 소파에 스르르 누워 〈생각하는 여인상〉과 마주한다. 그녀가 나를 보고 웃으며 그동안의 삶을 돌아보란다. 왠지 참회하는 기분이 든다. 잘한 것보다 잘 못하고 지내온 일들이 많지 않나 싶어서다. 나와 맞은편에 누워 있는 그 여인이 나에게 이제는 욕심을 버리고 가볍고 단순하게 살아가란다. 그러는 그 여인을 바라보노라니 미소가 저절로 띄어진다. 참으로 고마운 여인이 나와 함께 살고 있음에 행복하다.

어머니의
혼수용품

어머니의 큰집은 현재 중요민속자료로 지정되어 있다. 원래는 99칸 집이었는데 지금은 50여 칸만 남아 있다. 그 집의 솟을대문에는 1887년(고종 24년)에 문을 세웠다고 쓰여 있으나 안채는 이 문보다 약 50년 더 앞선 가구기법을 보이고 있어 처음 지어진 시기를 19세기 초 1800년경으로 추측하고 있다.

어머니는 이런 부잣집을 큰집으로 둔 덕분에 혼수용품 준비를 쉽게 하셨다고 한다. 큰집에 있는 앉아서 하는 손재봉틀을 외가로 가져다가 혼수용품을 직접 만드셨단다. 서서 하는 재봉틀도 있는 집이 별로 없었던 시절에 앉아서 하는 재봉틀이 있어 바느질하는데 고생을 덜 하셨다는 말씀이다.

몇 해 전 어머니를 모시고 어머니의 큰집을 방문한 적이 있다. 어머니는 그 집에 들어서자마자 상기된 얼굴로 이곳저곳을 둘러보시며 문화해설사 역할을 해주셨다. 그곳에서 뛰어놀던 그때 그 시절이 많이도 그리웠나 보다. 홍조를 띤 어머니의 얼굴을 보니 왠지 마음이 아프고 안타까웠다.

어머니는 집안 어른의 소개로 아버지를 만나셨다. 그리하여 아버지와 부부가 되셨다. 홀시어머니에 시누이가 둘이라했건만 폐백을 드리는데 넷이 등장해 깜짝 놀라셨단다. 그 시절에는 시동생보다 시누이가 인기가 없었던 게 사실이었나 보다. 어머니는 연지·곤지 찍고, 다홍치마에 연둣빛 저고리를 입고 외가를 떠나 트럭에 몸을 싣고 아버지의 집으로 출발하셨다고 한다. 그리고 얼마쯤 지나 트럭이 아버지의 집까지 들어올 수 있는 길이 아니어서 동네 어귀부터는 가마로 바꿔 타고 오셨단다. 트럭에 실었을 혼수용품도 우마차에 싣고 동네 분들의 도움으로 아버지의 집으로 옮겨왔을 것이다.

어머니는 그때부터 고생문을 한참 동안 활짝 열어놓고 사실 수밖에 없으셨다. 시집오자마자 어머니는 네 명의 고모들 혼수용품을 하나하나 장만하기 시작했다고 한다. 넉넉하지 않은 형편에 여러 혼수용품을 준비한다는 게 어려웠을 것이다. 아마 어머니는 외가에서 배워온 바느질 솜씨로 네 고모의 혼수용품을 준비했을 것이다. 모두 손으로 만들어야 했던 시대였으니 바느질로 새댁시절을 다 보내셨을 것이다.

어렸을 때 기억으로 우리 집에는 수년간 잿물 냄새가 진동했고 다듬이질 소리가 끊이질 않았다. 할머니와 어머니는 읍내에서 아버지가 사다주신 광목과 씨름하느라 고생을 많이 하셨다. 먼저 가마솥에 잿물을 넣고 광목을 삶은 뒤 말끔히 헹구어 선산의 산소 바탕에 널어놓으셨다.

그 광목들이 푸른 잔디가 깔린 산소 바탕을 하얗게 만들어놓았던 모습이 어제인 듯 눈에 선하다. 잿물과 햇볕에 하얗게 바랜 광목은 네 고모의 혼수용품으로 하나하나 만들어졌다. 한 고모의 혼수용품에 광목 두 필(80마)이 들어갔다고 한다. 그러니 모두 여덟 필(320마)을 사서 하얗게 되도록 삶고 또 삶아 햇볕에 말려야만 했을 것이다.

1마의 길이가 가로 110cm, 세로 90cm인데 320마나 되었다니 엄청 많은 양이다. 이것을 가지고 어머니는 솜씨를 발휘하여 여러 채의 혼수이불을 비롯한 속적삼, 속바지, 버선, 방석 등등 네 분 고모의 여러 혼수용품을 만드셨다. 어머니는 하얗게 바랜 광목에 풀을 먹여 시간만 나면 할머니와 마주 앉아 다듬이질을 장단 맞춰 하셨다. 고부 간에 원수가 될 수 없었다. 수시로 마주 보며 하는 일이 많았기 때문이다. 다듬이질도 그렇고 절구질, 맷돌질도 항상 할머니와 어머니가 함께 하셨으니 말이다.

어머니는 양장점이나 편물점, 아니면 포목점을 차려도 될 만큼 솜씨가 좋았다. 초등학교 다닐 때 나는 어머니가 만들어준 원피스를 입고 학교를 다녔다. 양장 옷만 잘 만드시는 게 아니라 한복도 잘 만드셨다. 뜨개질 또한 잘 하셨기에 온 식구가 어머니가 떠준 모자와 목도리, 장갑은 물론 조끼나 스웨터를 입고 살았다. 어머니가 떠준 딸아이의 핑크빛 반코트와 아들아이의 무지갯빛 조끼, 그리고 남편의 연보랏빛 조끼를 지금도 내 장롱 안에 고이 간직하고 있다.

버선을 만들기 위해 버선본을 종이에 그리시던 어머니의 모습이 생생하다. 버선만큼 아름다운 곡선이 또 있을까 싶을 정도로 아름답다. 우리 집의 가난을 극복하는데 어머니의 손재주가 큰 몫을 했을 것이다. 조각 천을 이용해 강아지나 토끼 인형도 만들어주셔서 동생들과 재미나게 가지고 놀았다. 어머니는 초등학교 담임선생님 방석도 만들어주셨다. 그런데 그 방석이 교장선생님 의자에 놓여 있었다. 아마 담임선생님께서 교장선생님을 드렸던 모양이다.

행복한 추억을 선물해주면서 살고 계신 어머니는 나에게 잘 보관하고 있던 어머니의 혼수용품을 모두 주셨다. 어머니의 손때가 묻은 수예품手藝品들이다. 빨간 목 양단에 모란꽃과 난을 꽃자주색과 진보라색으로 예쁘게 수를 놓은 자수 수젓집, 하얀 옥양목에 꽃실로 가득 수를 놓은 방석들, 목화솜을 물레에 돌려 뽑은 실로 짠 커다란 책상보와 상보, 벽에 걸려 있는 옷을 가리는 데 쓰이는 큼직한 벽보 등을 나에게 주셨다. 그 벽보에는 아플리케 자수가 놓여 있다. 이들은 모두 70년 가까이 된 수예품들로 가슴 벅찬 선물이다.

어머니께서 혼수용품인 수예품을 나에게 주신 것은 큰 복이다. 어머니의 정성과 사랑이 배어 있는 것들이기 때문이다. 어머니는 사랑해줄 낭군을 생각하면서 한 땀 한 땀 정성을 들여 수를 놓으셨을 것이다. 어머니의 혼수용품은 정성도 정성이지만 어머니의 사랑이 듬뿍 배어 있음을 안다. 그러니 내가 가지고 있는 어느 것보다 소중한 것이 어머니의 혼수용품이다. 그 사랑하는 낭군과의 사이에 내가 맏딸로 태어났으니 무슨 말이 더 필요하겠는가.

남편을
위한
특별휴가

한 친구가 나에게 IMF 때 누가 제일 큰 손해를 보았는지 아느냐고 묻는다. "글쎄."라고 했더니 우스갯소리일 수도 있지만 자형姊兄이란다. 누나의 남편이 그 누나의 남동생으로 인해 금전적으로 손해를 많이 보았다는 것이다.

나는 그 말을 듣고 "누가 그 말을 했는지? 맞는 말 같네." 라고 말했다. 내 말이 끝나자마자 또 다른 친구가 "정말 맞는 말이다." 하면서 맞장구를 친다.

"맏딸은 살림밑천이다."라는 말에 의문을 가질 필요가 없다. 이 말을 만들어낸 사람이 야속할 정도로 대부분의 맏딸들은 친정일로 힘들 때가 많다. 적어도 7080세대까지는 그럴 것이다. 어느 집이나 형제자매 모두가 잘 살면 좋은데 그러기는 어렵다.

나는 4남매의 맏이로 태어났다. 그랬기에 할머니를 비롯하여 부모님과 고모들의 사랑을 흠뻑 받고 자랐다. 아버지, 어머니 두 분 모두 맏이셨기에 친가 뿐 아니라 외가에서도 사랑을 많이 받았다.

그러나 집안에서는 아들이 태어나기를 기다리셨을 것이다. 할아버지도 일찍 돌아가시고, 아버지는 외아들이셨으니 말하면 무엇 하겠는가. 그런데 맏이로 내가 태어난 것이다. 그나마 다행이면 다행이랄까. 부모님께서 결혼하신지 3년 만에 내가 태어났다. 그러니 아들이 태어난 것 이상으로 기뻐하셨다고 한다. 옆집에 자녀를 한 명도 낳지 못한 아줌마가 살고 계셨으니 딸로 태어났어도 누구보다 어머니가 기뻐하셨을 것이다.

내가 태어난 지 2년이 채 못 되어 온 가족이 바라고 바랐던 아들이 내 동생으로 태어났다. 남동생이 태어났어도 나에 대한 가족의 사랑은 식지 않았다. 오히려 더 큰 사랑을 받았다고 한다. 남동생을 아우로 본 덕분이었다.

이래저래 나는 자리를 잘 타고 난 행운아다. 그러다 보니 받은 사랑을 조금씩 내놓으며 살아가야 하는 모양이다. 아마 가족들이 나에게 사랑을 넘치도록 주면서 대신 받은 사랑을 나눠주면서 살아가라는 운명도 함께 주었나 보다. 아들로 태어나 내게 사랑을 더 받게 해준 남동생이 잘 안 풀려 계속 신경이 쓰였다. IMF때 사업에 실패하더니 회복이 잘 안 되어 힘들게 했다.

한 친구가 말했듯이 자형인 남편이 동생에게 지금까지도 계속해서 도움을 주고 있다. 아무 말 없이 도움을 주는 남편이 고맙기는 하지만 남편에게 내가 갚아야 할 빚이 점점 늘어나는 것 같아 기분이 좋지만은 않다. 부모자식 간이나 형제자매 간, 부부 간에도 서로 신세지는 것을 정말 싫어한다. 신세졌다 싶으면 바로바로 상계相計하려고 노력한다. 그런데 나의 남동생으로 인해 남편과 상계가 제대로 안 되고 있어 늘 부담스럽다. 남동생이 내 아래로 태어난 덕분에 사랑을 너무 많이 받아 그에게 치러야 할 값이 아직도 남은 모양이다.

문제는 내가 경제능력이 없어 그 값을 월급쟁이인 남편이 대신 갚아나가고 있으니 마음이 불편하다. 그래서 조금이나마 신세를 갚는 심정이랄까. 남편에게 특별휴가를 다녀오도록 의견을 냈다. 그 이후 남편은 10년째 해마다 3박4일 정도 가족을 떠나 특별휴가를 다녀온다. 남편의 피붙이들과 휴가를 즐기고 오는 것이다. 두 분 누나와 두 분 형들과 두 분 자형들까지 함께 휴가를 재밌게 보내고 온다. 내 남동생처럼 남편도 그 분들의 신세를 많이 졌을 것이다. 남편은 5남매 중 막내다. 어머님이 일찍 돌아가셨으니 누나들과 형들, 그리고 자형들께 신세를 졌을 것은 분명하다.

막내인 남편이 운전을 하며 신세졌을 피붙이들을 모시고 봄이나 가을에 동해든 남해든 서해든 휴가지를 정한 뒤 함께 여행을 떠난다. 다행히 연세가 많으셔도 모두들 건강하기 때문에 즐겁게 만나 여행을 할 수 있다. 이런 의견을 내준 나에게 손위 시누이들이나 시아주버니들이 고맙다며 해마다 인사를 한다. 내 생각에 며느리들까지 끼면 서로 불편할 것 같아 피붙이들끼리 하는 게 좋다는 의견을 냈다. 그래야 부모님과 함께 살았던 어렸을 때 추억도 마음껏 이야기하며 즐거워 할수 있을 것 같아서였다. 자형들은 같은 고향 분들이니 함께 해도 어렵지 않을 것 같았다. 며느리들은 출신 지방부터 모두 달라 문화적인 충돌도 있을 것이고, 아직 우리 사회는 시누이와 올케, 시아주버니와 제수 사이에는 가까이하기엔 먼 당신이 아닌가 싶었다.

이제 시부모님은 다 돌아가시고, 시누이들과 시아주버니들도 연세가 많아 서로 만나며 지낼 날도 그리 많지는 않을 것이다. 그래서 자리를 마련했는데 피붙이들의 여행 4년차 되던 6년 전 큰시아주버니께서 별안간 건강에 이상이 와 갑자기 돌아가셨다. 형제남매 만나 좋은 시간 가질 수 있게 의견을 내주어 고맙다고 말씀하신 지 며칠 지나지 않았는데 세상을 떠나셨다. 그 뒤 2년 동안은 남편이 형제남매들과 보내는 특별휴가를 떠나지 않았다. 그러다 다시 마음을 추스르고 큰시아주버니 묘에 성묘를 한 뒤 휴가를 떠났다. 이번 휴가도 3박4일 동안 부산을 거쳐 거제도에서 보내고 돌아올 예정이란다.

휴가지에서 손위 시누이 두 분이 내게 전화를 하셨다. 내년에도 후년에도 막냇동생 빌려달라며 웃으신다. 그리고 고맙다고 하신다. 내가 특별히 한 것도 없는데 매년 인사를 받아 오히려 송구스럽다.

생각해보면 그동안 남편은 집에서 가장 노릇하느라 편히 쉴 틈이 없었다. 올해는 정년퇴직으로 30여 년 동안의 공직생활도 마쳤으니 피붙이들과 어느 해보다 편안한 휴가를 즐길 것이다. 어쩌면 남편은 누나들과 형님, 그리고 자형들을 모시는 게 아니라 어렸을 때 받았던 온갖 사랑을 다시 듬뿍 받아 올 것임에 틀림없다. 충분한 힐링이 되고도 남을 것이다. 그분들과 휴가를 보내고 돌아오는 남편의 얼굴을 보면 항상 밝다. 그만큼 편안하게 휴가를 즐기고 돌아온다는 증거가 아니겠는가.

남편은 맏딸인 나와 결혼하여 늘 처가 일로 바빴다. 집에서 가장 노릇하랴 처가에서 맏사위 노릇하랴 정신없이 지내왔다. 그런 남편에게 특별휴가를 준 내 자신이 신통한 생각마저 든다. 남편이 피붙이들과 휴가를 떠나고 나면 솔직히 부러웠다. 나도 동생들과 여행하고 싶어졌다. 분명 나에게도 그런 날이 오리라 믿는다. 그런 날이 오기를 기다리며 앞으로도 남편에게 특별휴가를 계속 선물할 것이다. 살림 밑천인 맏딸하고 결혼하여 마음고생 많이 하고 있으니 그렇게라도 보답할 수밖에 없다.

요즘 따라 동생들과 내 것, 네 것 나누지 않고 살았을 때가 왜 이리 그리운지 모르겠다. 아직도 어려움을 겪고 있는 남동생이 하루 빨리 잘 풀려 형편이 나아지기를 바랄뿐이다. 아마 남동생도 자신의 자동차에 누나인 나와 자형인 남편, 그리고 여동생과 막내 남동생까지 태우고 언젠가 멋지게 특별휴가를 떠날 생각을 하리라 본다. 나는 그런 날이 오기만을 기다릴 테다.

어른이
되려면 아직
멀었다

물은 정해진 길을 따라 흘러간다. 샛길로 흘러가는 물도 있을지 모르지만 끝내는 다시 정해진 길로 흘러든다. 폭우가 내려도 물은 정해진 길에서 크게 이탈하는 경우가 없다. 길이 좁아 어쩔 수 없이 넘쳐나는 것일 뿐 스스로 이탈을 꿈꾸지는 않는다. 이처럼 물은 순응하면서 살아간다.

설악산 토왕성폭포의 물줄기를 바라보면서 사람도 크게 욕심내지 말고 정해진 길을 따라 살아가는 게 좋겠다는 생각을 많이 했다. 320m나 되는 높은 곳에서 떨어져도 순한 양이 되어 잠시 못에 머물렀다가 숨을 고르고 정해진 길로 흘러간다. 새로운 길을 개척하는 창의적인 사람도 필요한 시대지만 크게 탈이 날 일이 없으면 그냥 예전부터 정해 놓은 순한 길을 따라 살아가는 게 어떨까 싶다.

나는 순하게 살기를 원한다. 그러기 위해선 화를 내서는 안 된다. 순한 사람이 화내면 더 무섭다지만 순한 사람은 끝까지 화를 내지 않는 사람이 아닐까.

돌아보니 화를 내면서 살아온 일이 많다. 그렇게 화를 낼 일이 아니었는데 참지 못했다. 내가 화를 냈다는 것은 내 삶에 고마움을 몰랐기 때문이다. 설악산은커녕 동네 뒷동산도 오르지 못하고 생업에 종사하는 사람들이 수없이 많은데 철 따라 설악산을 오간 것만 해도 행운이 아닌가.

설악산의 토왕성폭포와 마주하는 전망대까지 올라가면서 쉬고 또 쉬면서 간신히 올라갔지만 그곳에서 큰 깨달음을 얻었다. 자연에게 너무 큰 감동을 받았기 때문이다. 처음으로 그곳에 올라 설악산을 구석구석 내려다보니 진한 감동과 행복감이 몰려왔다. 자연의 위대함 앞에서 앞으로 화를 내면서 살아가지 않겠다고 다짐했다. 이제 환갑이 되어오니 조금씩 철이 드는 모양이다.

나는 가족의 축복 속에 태어나 사랑을 듬뿍 받으며 풍요로운 환경 속에서 성장하였다. 우리 집은 부모님 덕분에 가

난하지 않아 보릿고개가 뭔지, 어른들이 왜 죽을 안 좋아하는지, 왜 밥을 끓여 먹었는지 이해하지 못했다.

내가 어렸을 때는 아침과 저녁에만 밥을 지었다. 석유곤로도 전기나 가스를 이용한 렌지도 없었기에 수시로 밥을 하고, 음식을 만들기가 어려웠다. 오로지 아궁이에 불을 때서 밥을 짓고 음식을 해야 했기에 불편함이 많았다.

그렇다고 누구도 그 일이 불편하다고 생각하지 않았다. 그냥 그러려니 했을 것이다. 캄보디아 톤레삽 호수에서 밝게 살아가고 있는 수상촌 사람들처럼 문명의 발달을 몰랐을 테니 그렇다.

땔감도 충분치 않아 점심에 새로 밥을 하기는 어려웠던 시대였다. 산에서 나무를 해서 밥도 짓고 군불도 때고 했으니 말이다. 하긴 군불을 때는 것에도 인색했다. 방을 따뜻하게 데우기 위해서만은 불을 때지 않았다. 일석이조一石二鳥란 말을 이럴 때 써야 하는지 모르겠다. 아무튼 아침과 저녁에 밥을 짓거나 물을 데울 때 아궁이에 불을 지펴 겸사겸사 난방을 겸했다. 그만큼 난방을 위한 땔감을 구하기가 어려웠다.

내가 초등학교 다닐 때까지 우리 마을에는 전기가 들어오지 않았다. 그러니 겨울이 오면 땔감 구하는 게 가장 큰 문제였다. 아버지는 농한기인 겨울에도 쉴 틈이 없었다. 뒷산의 땔감거리는 아껴 두고, 멀리 있는 산으로 가서 나무를 하여 지게에 가득 지고 오셨다. 우리 집 나뭇간에는 늦가을부터 낙엽이 가득 들어차기 시작했고, 뒤뜰이나 추녀 끝에도 나무가 수북하게 쌓여 있었다. 할머니를 따라 나도 갈퀴로 낙엽을 긁어 망태기에 담아 가지고 와서 나뭇간에 쌓곤 했다. 우리 가족의 식사와 난방을 책임진 고마운 나무였다.

밥 한 사발을 끓이면 두 명은 거뜬히 먹을 수 있다는 것을 나는 어른이 되고도 훨씬 뒤에야 알았다. 점심 때 이웃이 놀러오면 종종 밥을 끓여 함께 먹은 이유가 다 있었다. 끓인 밥이 맛있는 별식이라 생각했는데 나중에 알고 보니 여럿이 나눠먹기 위함이었다. 고구마는 겨우내 먹어서 없고, 감자와 옥수수도 여름이 되어야 나오니 늦은 봄에서 초여름, 보리가 익을 때까지 굶주리는 집이 많았나 보다. 그때가 바로 보릿고개가 아닌가.

다행히 우리 집은 열심히 일하신 아버지 덕분에 매년 농토를 조금씩 늘였기 때문에 굶주리지는 않았다. 아버지는 수십 개의 쌀자루를 준비하여 어려운 이웃을 찾아다니면서 나누어주시곤 했다. 쌀 뿐 아니라 고구마 등도 나누어 먹을 정도로 조금은 여유 있게 살았다. 아버지는 거지가 찾아와도 따뜻한 밥 한 끼를 내어주셨고 동냥자루에 쌀도 넉넉히 채워

주셨다. 이 마을, 저 마을로 생필품을 팔러 다니는 방물장사나 어리장사가 찾아와 우리 집에 머문 적도 여러 번 있었다. 어릴 때 나는 그런 아버지를 이해하지 못했다. 거지는 왠지 무섭게 느껴졌고, 이고 지고 물건을 팔러 다니는 장사들도 낯설었기 때문이다.

나이가 들어가면서 나는 아버지가 너무나 존경스러웠다. 나도 누군가에게 도움을 주면서 살아가는 사람이 되고 싶었다. 아버지께서 큰 인생 공부를 시켜주신 셈이다. 이런저런 옛 추억을 떠올리다 보니 더욱더 '나는 화내고 살면 안 되지?' 라는 생각이 든다. 내가 다녔던 초등학교 여자 동창들 중 반 정도가 중학교에 입학하지 못했고, 중학교 동창들 중에도 고등학교에 입학하지 못한 여자 동창들이 많았다. 남녀불평등이 확연히 드러났던 시대에 살았던 것이다.

그럼에도 나는 중학교, 고등학교를 아무 걱정 없이 진학하여 다닐 수 있었다. 그것만 해도 크나큰 행운이었다. 대학교 진학은 대부분 못했으니 크게 아쉬울 것은 없었다. 서울 명동의 한 빌딩에서 사무직으로 3년 정도 직장생활을 했기에 원도 없다. 대학교 진학을 위해 만학으로 주경야독도 해보았고, 늦게나마 대학교 졸업장을 땄으니 무슨 원이 있겠는가.

결혼하여 경제적으로 윤택하지는 않았다. 하지만 공무

원인 남편을 만나 세금 한 번 안 밀리고 그럭저럭 살 수 있었다. 딸을 낳고 아들도 낳았으니 행운 중의 행운이 아닌가. 그 아이들이 이제는 잘 자라 제 몫을 톡톡히 하고 살고 있으니 고마운 일이다.

나는 신혼 여행을 온양 온천에서 경주로, 부산으로, 통영으로, 여수로 다녀왔다. 그랬기에 "비행기를 못 타본 사람 있으면 나와 보라."하며 제주도로 신혼여행을 가지 못한 것을 늘 안타깝게 생각하면서 살아왔다. 살면서 비행기 타기가 좀처럼 쉽지 않았다. 그러다 40이 넘어가면서 비행기를 처음으로 탔다. 그때의 기쁨은 잊을 수가 없다. 그것도 딸아이가 대학교에 합격하면서 네 가족이 함께 비행기를 타고 해외로 날아갔으니 정말 기뻤다.

그 이후는 무슨 복인지 해외여행을 자주 하게 되었다. 그러니 화를 내면서 살아가는 것은 벌 받을 일이다. 지난 여름에는 환갑을 맞은 친구들과 미국과 캐나다로 환갑여행을 10일이 넘게 다녀왔다. 감사, 또 감사할 일이다.

그런데 그동안 복을 너무 많이 받은 탓일까? 캐나다 몬트리올 시내에 자리한 호텔 숙소에서 내려오다가 엘리베이터에 갇히게 되었다. 워낙 겁이 많다 보니 얼굴이 하얘졌을 것이다. 친구와 둘이 탔는데 갑자기 엘리베이터 안에 불이 꺼지고 멈췄다. 의연한 친구는 나를 안심시키려는 듯 여유 있는 모습으로 웃으며 다른 친구에게 전화를 걸었다. 그러나 먼저 내려가 있던 친구는 전화를 받지 않았다. 내가 다급히 문을 두드리자 호텔 측에서 알고 있다는 듯 웅성대는 소리가 들렸다. 한국인들의 목소리도 들린다. 정전되어 엘리베이터가 멈췄다면서 안에 누가 타고 있는 것 아니냐는 한국말이 들린다. 친구와 나는 엘리베이터 안에 둘이 갇혀 있다며 긴장된 목소리로 밖을 향해 소리쳤다. 아마 나만 긴장이 되었을지도 모른다. 얼마 후 엘리베이터의 문이 활짝 열렸다. 문 밖의 세상이 이처럼 자유롭고 평화로운지 새삼스럽게 느껴졌다.

나는 엘리베이터에 갇히자마자 바로 '아, 이제 내가 너무 누리고 살아온 게 많아 죽는가 보다.'라는 생각이 들었다. 그동안 오대양 육대주에 푹은 아니어도 살짝 씩은 다 발을 들여놓았고, 14시간의 비행 끝에 미국과 캐나다로 날아와 여행을 하고 있으니 누려도 너무 누리는 것 같았다. 나와 달리 함께 갇힌 친구는 '잘 사는 선진국이니 우리를 구해줄 것이고, 다치거나 잘못되면 보상은 많이 해주겠지.'라는 생각이 가장 먼저 들었다며 해맑게 웃는다. 이런 친구가 곁에 있음에 무한한 행복이다.

아무리 봐도 나는 어른이 되려면 아직도 멀었다. 그러니 쉽게 죽지는 않을 것 같다. 이렇게 위기 때마다 다시 살아갈 수 있도록 도움을 주는 어느 신인지는 몰라도 그 분께 두고두고 감사드리며 살아갈 일만 남았다.

정말이지 나는 화를 내면 안 된다. 누리고 산 게 많아도 너무나 많다. 무엇보다 부모님이 90세가 다 되도록 곁에 살아계신데 무슨 화를 낸단 말인가. 설악산의 토왕성폭포와 마주하면서 받았던 그 감동을 영원히 가슴에 품고 순한 길을 따라가며 순둥이로 살리라.

나의 삶이
나의
수필이다

내가 걸어온 길이 그런대로 괜찮은 것 같아 글을 쓰고, 내가 걸어갈 길 또한 그런대로 괜찮을 것 같아 글을 쓰고 있는지도 모르겠다. 글을 쓰면서 삶의 소중함을 더 깊이 깨달았다. 이런 나의 삶을 나는 사랑한다.

나의 삶을 만들어 가는데 동행해준 사람과 자연, 그리고 책을 많이 사랑한다. 이 아름다운 세상과 함께할 수 있도록 나를 만들어주신 부모님을 비롯한 가족, 친구, 이웃들 모두에게 고마운 마음을 가지고 살아가고 있다. 내가 태어나 성장기를 보낸 고향의 산과 들, 바다와 하늘에게도 고마운 마음이다. 아울러 내가 읽은 책들에게도 고마운 마음 가득하다. 이들 모두는 내가 수필가가 되어 글을 쓰며 살아갈 수 있도록 밑거름이 되어 주었다.

나는 사람들을 좋아한다. 대가족제도 아래 살아와서 그런지 노인, 아이 할 것 없이 사람들과 만나 이야기 나누는 것이 좋다. 노인을 만나면 나의 할머니, 할아버지를 만난 것처럼 반갑고, 아이를 만나면 어릴 때 함께 뛰어놀던 소꿉친구들이 떠올라 가슴이 두근거린다. 나의 수필 속에 사람들이 많이 등장하는 이유다.

자연을 좋아한다. 이 산 저 산 할 것 없이 모든 산이 좋고 나무와 꽃도 정말 좋아한다. 시냇물, 강물, 바닷물도 좋다. 그리고 하늘도 무척 좋아한다. 하늘에 떠있는 태양은 물론, 밤하늘을 수놓는 별들과 인생을 돌아보게 해주는 달을 참 좋아한다. 파란 하늘에 하얀 뭉게구름도 좋아하고, 저녁노을뿐 아니라 아침노을도 좋아한다. 하늘과 땅을 하나로 만들어주는 눈과 비, 안개도 좋아한다. 무지개는 말할 것도 없고, 바람도 좋아한다. 자연 속에서 기분 좋게 노래하는 풀벌레와 새들도 좋아한다. 이들 모두가 나의 글감이 되었다.

나는 또한 책을 무지 좋아한다. 자신을 책만 읽는 바보, 간서치看書痴라 일컬었던 조선 후기의 학자 이덕무를 존경하는 이유가 바로 그가 독서광이었기 때문이다. 평생 동안 무려 2만여 권이나 읽었다는 이덕무와 감히 비교하긴 어렵지만 정말 본받고 싶다. 내 책장에는 수필집은 물론 산문집, 수상록, 시집, 소설집, 역사서, 예술서, 식물도감, 동물도감, 백과사전에 이르기까지 수많은 책들이 가득 꽂혀 있다. 요즘은 삶의 지침서가 될 만한 수상록이나 자서전을 읽고 있다. 그러니 도서관을 자주 찾게 되고, 서점을 자주 찾게 된다.

나는 무엇보다 책 광고를 좋아한다. 지금까지 가정살림은 늘린 게 별로 없지만 책은 엄청나다. 이 방 저 방, 거실까지 책으로 가득하다. 아침에 일어나도 책이 먼저 반겨주고, 외출했다 돌아와도 책이 먼저 반겨주고 있다. 내가 출판한 책도 10권이나 된다. 내 글에는 내가 좋아하는 사람, 자연, 사물, 고향, 그리고 국내외 문화유산 및 명승지 등의 이야기가 담겨 있다. 그들이 나에게는 좋은 글감이기 때문이다.

어느새 문단에 데뷔하여 수필을 쓴 지 25년이 된다. 그러는 동안 보람이 많았다. 나는 수필가가 되겠다는 꿈을 꾼 적은 없었다. 솔직히 현모양처賢母良妻로 살아가는 게 꿈이었다. 학창시절 백일장에 나가 상을 받은 적은 있지만 작가가 되는 꿈을 꾸지는 못했다. 작가는 훌륭한 사람들의 몫이라 생각했기 때문이다. 하지만 교과서에 실린 작품을 쓴 작가들을 보면서 많이 신기해하고 부러워하기는 했다. 내가 감히 꿈꿀 수 없었던 수필가가 된 것을 보면, 인생에서 쉽게 이루기 어려운 꿈을 이루어 행복할 수 있다. 그렇기에 인생은 살아갈 만한 것이 아닐까.

내가 수필가가 된 계기는 주부백일장에 우연히 나갔다가 산문 부문에서 수상했기 때문이다. 그 후 나는 글을 잘 쓰기 위해 전보다 더 많은 책을 읽고, 더 많은 생각을 하고, 더 많은 글을 썼다. 중국 송나라 때 문인이자 정치가였던 구양수가 강조한 다독多讀, 다상량多商量, 다작多作 등 삼다三多를 실천한 셈이다. 나는 삼다 실천에 이어 국내는 물론 해외여행을 많이 한 편이다. 미흡하나마 5대양 6대주에 조금씩 발을 디뎌보았으니 그렇다. 주로 교과서를 통해 배웠던 우리나라 유산은 물론 세계문화유산을 만나보기 위해 가슴 뛰는 여행을 했다. 그랬기에 지금까지도 글을 쓰고 있다.

내가 쓴 수필의 소재는 대부분 나와 많은 시간을 함께한 것들이다. 2003년~2012년까지(국정교과서), 2013년부터 현재(검인정교과서) 중학교 3학년 2학기 국어교과서에 실려 있는 나의 대표작 〈신호등〉역시 그렇다. 내가 자주 건너다니던 횡단보도 앞의 신호등이 나에게 큰 선물이 되어주었다. 그 신호등이 내가 수필을 쓸 수 있도록 글감이 되었다. 나는 그동안 수필을 써오면서 '뭘 쓸까?'라며 고민한 적은 없다. 언제나 소재가 나에게 다가와 "나를 써주세요." 하면서 졸라대어 쓰게 되었다. 그러니 나는 내 작품 속 소재들에게 항상 고마운 마음을 가지고 살아갈 수밖에 없다.

나의 대표작이라 할 수 있는 〈신호등〉도 마찬가지지만 어느 작품이든 나의 인생관이 고스란히 담겨 있다. 내 삶의 신호등이 되어준 많은 분들께 감사할 따름이다.

나는 내가 노력한 것에 비해 늘 행운이 따라옴을 느낀다. 착하게 살아온 것도 별로 없는데 나를 기쁘게 해준 일이 너무나 많다. 그러니 앞으로 나로 인해 누군가가 기뻐할 수 있도록 열심히 살면서 도움이 되어야 함은 물론이다. 나도 누군가를 지켜주는 신호등이 될 것이다.

그동안 내가 써온 글이, 앞으로 써나갈 글이 바로 나 자신일 것이다. 그렇기에 나는 나를 사랑하고, 나를 소중히 여기며 살아갈 것이다. 그래야 남도 사랑하게 되고, 소중히 여기게 되어 따뜻한 수필을 빚어낼 수 있을 테니까.

오늘도 새들의 합창 소리에 눈을 떴다. 이른 새벽부터 맑고 고운 소리로 나를 행복하게 해준 산새들이 고맙다. 다음에 쓸 수필 소재는 분명 고마운 산새들이 될 것 같다.

그동안 잊고 살았던 너에게

ⓒ 홍미숙, 2020

초판 1쇄 발행 2020년 2월 3일

지은이 홍미숙
펴낸이 이경희

발행 글로세움
출판등록 제318-2003-00064호(2003.7.2)

주소 서울시 구로구 경인로 445(고척동)
전화 02-323-3694
팩스 070-8620-0740
메일 editor@gloseum.com
홈페이지 www.gloseum.com

ISBN 979-11-86578-83-4 03810